나는 죽을 때까지
지적이고 싶다

INTELL
-IGENT

나는 죽을 때까지
지적이고 싶다

양원근 지음

UNTIL
I DIE

정민
미디어

지적으로 산다는 건?

인생은 선택이다. 흔히 인생은 그저 주어진 대로 살아지는 것이라고 말하지만, 적어도 내가 본 많은 사람은 그렇지 않았다. 똑같은 환경 속에서도 어떻게든 어려움을 딛고 일어나 행복한 삶을 향해 꿋꿋하게 걸어가는 사람이 있었다. 물론, 자기 삶을 비관하며 불행한 하루하루를 보내는 사람도 있었다. 우리 앞에는 늘 뜻밖의 문제들이 놓이고, 그때마다 우리는 선택해야 한다. '어떻게 살 것인가'라는 선택을 말이다.

이 책을 쓰게 된 이유는 오래전 큰 선택 앞에 섰던 그 순간부터 달라진 내 삶을 기록하기 위해서다. 언제나 열심히 성실하게 살아왔지만, 내 삶에 무언가 2% 부족하다고 느끼고 있었다. 그 2%를 무엇으로 채워야 할지 몰라 고민하던 끝에 시작한 것이 바로 '독서'다. 책을 기획하고, 중개하고, 번역하는 회사를 운영해오면서도 '책'이라는 것이 얼마나 사람의 인생을 바꿔놓을 수 있는지에 대해서는 정작 실감하지 못했던 것 같다. 그렇게 오직 '나 자신'만을 위한 독서가 시작되었다.

나는 매일 새벽 6시에 일어나 두 시간 이상 책을 읽었다. 하루도 빠짐없이 두꺼운 책을 넘기기 시작했다. 잘 이해되지 않는 부분에는 밑줄을 긋고 열 번이고 스무 번이고 이해될 때까지 거듭 읽었다. 그렇게 3년을 하고 나니 내 서재는 물론 회사 내 방에도 책이 쌓였고, 그 책들에는 그때그때 떠오른 메모들이 빼곡하게 채워졌다. 독서를 하면서 그걸 나누고 싶은 욕구도 생겼다. 자기계발 영역으로 시작한 탐독은 인문학, 철학으로 확장되었고 깊이 빠지면서 강의도 듣기 시작했다. 좀처럼 이해되지 않는 철학 내용들을 어떨 때는 졸면서, 어떨 때는 욕을 하면서, 어떨 때는 '내가 왜 이걸 시작해서 개고생하고 있지?' 하고 투덜대면서 들었다. 처음엔 전혀 이해되지 않던 내용들이 어느 순간 이해되기 시작했고, 나중에는 심지어 재미있다고 여겨지기도 했다. 몇 년을 계속 공부하며 파고드니 어느 순간 철학에 심취했고, 나도 모르게 세상의 모든 것을 예전과 달리 바라보는 내가 되었다. 나의 인생은 그렇게 완전히 변화하고 있었다.

　이 책은 '철학' 전문서가 아니다. 하지만 분명 철학을 이야기 하는 책이다. 그렇다면 철학이란 무엇인가? 어떤 사람은 '철학' 이라는 단어만 들어도 머리에 쥐가 난다고 하는데, 과연 철학 이란 우리의 삶과 동떨어진, 이론 속에만 존재하는 그 무엇일 까? 아마 이 책을 읽고 나서는 그 생각이 완전히 바뀔 것이다. 철학은 곧 우리의 삶 자체이며, 삶 속에 부딪히는 모든 문제 앞 에서 우리가 하는 고민이기 때문이다. 사랑에 빠지면 사랑에 대한 철학자가 되고, 일에 심취하면 일과 관련한 철학자가 되 기 마련이다. 철학이란 우리 삶에 존재하는 수많은 가치에 대 한 우리의 고민이며, 진리를 탐구하고 정답을 찾아가며 통찰을 얻기 위한 의미 있는 여정이다.
　'자기계발'이라는 장르가 따로 존재하는 우리나라 서점에는 해당 매대에 수많은 책이 자리를 차지한다. 반면 프랑스를 비롯한 유럽 서점에는 철학, 인문, 자기계발 책들이 하나의 매대에 있다. 이것은 무슨 의미일까? 철학과 인문은 곧 우리 삶을 성장시키는 자기계발의 한 부분이라는 의미일 것이다. 철학이나 인문학이나 자기계발은 모두 하나의 뿌리라는 뜻이다. 더불어 그러한 책들은 정답을 알려주기보다 사유의 방법을 알려주고 계속 질문을 던진다.

이 책도 마찬가지다. 내가 무엇을 안다고 삶의 여러 질문에 결론을 내릴 수 있겠는가? 그저 나는 살아오면서 내가 고민했던 여러 문제를 공유하고, 질문을 던지고, 고민거리를 건넬 뿐이다. 그것을 함께 사유하고 자신만의 답을 찾아가는 과정에서 우리는 엄청난 성장을 이루게 될 것이다. 그것이 독서의 힘이며, 철학의 힘이 아닐까. 그리고 이 과정에서 우리는 다른 무엇과도 비교할 수 없는 지혜와 지성의 탑을 쌓는 경험을 하게 될 것이다.

인터넷으로 몇 번만 검색하면 온갖 정보가 홍수처럼 쏟아지는 요즘 같은 시대에 얕은 정보력은 경쟁이 되지 않는다. 그래서 나는 강의할 때마다 '지식인'이 아닌 '지성인'으로서의 삶을 선택하라고 강조한다. 이 책도 내 삶이 그 전과 달리 얼마나 풍성해졌고 또 행복해졌는지 그 변화를 이야기하고 싶어 집필했다. 여러 책을 단편적으로 많이 읽거나 이런저런 잡다한 지식을 아는 것을 일컬어 "지혜롭다"라고 하지 않는다. "아, 나 그거 알아!" 하고 말하는 사람은 과연 거기에 대해 얼마나 잘 아는 걸까. 소크라테스가 "내가 알고 있는 유일한 사실은 아무것도 모른다는 사실이다"라고 했듯, 나는 공부하면 할수록 쉽게 '안다'고 말하는 것을 경계하게 되었다. 우리는 쉽게 '안다'라는 말을 내뱉기 전에 '내가 정말 그 무엇을 얼마나 알고 있는지', '그 본질에 대해 고민해본 적이 있는지' 끝없이 돌아봐야 한다. 그것이 바로 공부이며, 그 자체가 바로 철학이자 자기계발이다.

이 책을 통해 나 같은 중년 기성인은 물론 많은 젊은이가 '지식인'이 아닌 '지성인'이 되기 위한 '지적인 삶'을 선택하길 바란다. 지적인 삶이란 장자가 그랬듯 끝이 없는 앎의 세계를 추구하는 일이다. 자신의 무지를 깨닫고 잠든 이성을 깨우기 위해 끊임없이 배우고자 하는 정신. 그것만 있다면 우리 삶은 곧 지적인 삶이 된다.

지적인 삶을 선택한 우리는 결코 남을 쉽게 판단하지 않으며, 삶에서 일어나는 모든 문제를 가볍게 받아들이지 않는다. 우리가 접하는 모든 문제와 관계 앞에서 나 자신을 먼저 돌아보게 되고, 입장 바꿔 생각하는 배려를 실천할 수 있게 된다. 배우고 고민한 것을 실천으로 옮기는 '지행일치(知行一致)'의 삶을 추구한다면 우리 삶은 더없이 풍요롭고도 행복해질 것이다. 물론 이는 하루아침에 되는 것이 아니다. 사형을 일주일 남긴 소크라테스가 감옥에서마저 배움을 게을리하지 않았듯, 늘 배움을 갈구해야 한다. 언제 어디에서든 책을 가까이하고, 얕은 지식 대신 본질을 파고드는 깊은 지성을 과감히 추구해야 할 것이다.

나는 죽을 때까지 젊은 지성인으로 실천하는 삶을 살고 싶다. 여기서 '젊은 지성인'이란 헨리 포드의 말에서 따온 것이다. '배우기를 멈추는 사람은 스무 살이든 여든 살이든 늙은이다. 계속해서 배우는 사람은 언제나 젊다. 인생에서 가장 멋진 일은 젊은 마음을 계속 유지하는 것이다'라는 말. 아무리 보톡스를 맞고 성형해도 배움을 멈추면 우리의 정신은 늙고 병든다.

우리는 수많은 자기계발서를 읽는다. 나 자신을 채찍질하고 하루하루 좀 더 성장하는 내가 되기 위해서다. 나는, 최고의 자기계발은 곧 '나 자신을 아는 것'에서 시작한다고 믿는다. 이 책은 '나'를 철학하는 자기계발서이자 지적 에세이다. 어려운 철학 이론으로 잘난 체하거나 흔하디흔한 잔소리를 늘어놓고자 쓴 것이 아니다. 하루하루, 끝을 알 수 없는 삶의 본질을 파고들며 느꼈던 감동 그리고 나 자신을 탐구하며 깨달은 크고 작은 통찰들을 공유하고자 썼다.

 여전히 배울 것이 많은 우리가 배움을 멈추지 않고 나아가는 일, 그리고 그것을 실천으로 옮겨 나를 바꾸는 일은 우리에게 어떤 값으로도 바꿀 수 없는 젊음을 선사한다. 그 젊음은 어쩐지 우리의 육체까지도 젊어지게 만드는 듯하다. 나는 지식만 채우고 실천하지 않는 교양 속물이 되고 싶진 않다. 언제나 삶은 선택의 연속이다. 교양 속물 대신 젊은 지성인으로 사는 것. 지금 이 책을 놓지 않은 당신의 선택이 후자일 것이라고, 나는 믿는다.

양원근

CONTENTS

삶의 지혜

관계의 법칙

내가 알고 있는 유일한 사실은
아무것도 모른다는 사실이다.

Socrates

배움의
의미

무엇보다 나는 죽을 때까지 젊은 지성인으로 실천하는 삶을 살고 싶다. 여기서 '젊은 지식인'이 란 헨리 포드의 말에서 따온 것이다. '배우기를 멈추는 사람은 스무 살이든 여든 살이든 늙은이 다. 계속해서 배우는 사람은 언제나 젊다. 인생에서 가장 멋진 일은 젊은 마음을 계속 유지하는 것이다'라는 말. 아무리 보톡스를 맞고 성형해도 배움을 멈추면 우리의 정신은 늙고 병든다. 여 전히 배울 것이 많은 우리가 배움을 멈추지 않고 나아가는 일, 그리고 그것을 실천으로 옮겨 나 를 바꾸는 일은 우리에게 어떤 값으로도 바꿀 수 없는 젊음을 선사한다.

여행을 하면
누구나 철학자가 된다

니체는 여행자를 5단계로 나눴다.

1단계, 여행은 했지만 아무것도 보지 못한 자.

2단계, 세상 밖으로 나가서도 자신만 들여다보는 자.

3단계, 세상을 관찰해서 무언가를 체험하는 자.

4단계, 체험한 것을 자신의 생활 속에서 꾸준히 실천하는 자.

5단계, 관찰한 걸 체험하고 그것에 동화한 후 반드시 행동으로

　　　작품을 되살려야 하는 자

이것을 보면서 나의 단계를 따져본다. 아마 3~4단계에서 왔

다 갔다를 반복하고 있지 싶다. 그러면서 생각해본다.

'나에게 여행은 어떤 의미일까?'

이 책에는 유난히 여행과 관련된 글이 많이 나오는데, 이는 내가 여행을 좋아할뿐더러 여행으로 많은 걸 보고 느끼며 인생관을 새로이 정립했기 때문이다. 무엇보다 여행하면서 수많은 독서를 했기 때문이다. 그만큼 여행은 나에게 무척 중요한 삶의 일부분이며, 낯선 곳에서 새로운 나를 마주하는 귀중한 여정이다. 특히 여행하면서 나는 사람과의 관계를 많이 생각하게 된다. 혼자 하는 여행도 많지만 20년 동안 동고동락한 직원과 함께 여행을 떠나거나 소중한 사람과 오랜만에 하는 여행 속에서 나는 나를 넘어서 상대를 바라보고 나아가 세상까지 바라보는 놀라운 경험을 한다. 그리고 결국 이 세계는 복잡한 실타래처럼 우리 모두가 연결되어 있음을 깨닫는다. 이 사실을 자주 잊게 된다는 것이 안타깝지만, 적어도 그 순간만큼은 곁에 있는 이들을 마치 또 다른 '나'를 대하듯 소중히 여기며 그 마음을 이어가겠다고 다짐하게 된다. 그러니 여행이란 얼마나 소중한 삶의 일부인가.

나는 기회가 닿을 때마다 지역과 상관없이 여행을 가곤 하는데, 그중 어떤 여행은 삶을 완전히 새로 쓰게 만드는 계기가 된다. 아마 이 말을 듣는다면 '나도 비슷한 경험을 했어!'라고 생각하는 사람이 있을지도 모르겠다. 여행은 짧든 길든 내가 살아오던 기존의 일상에서 완전히 벗어나는 순간의 연속이다. 그

분주함과 소란에서 잠시 떠나 멈춤과 여백 속에서 나를 발견하고 삶을 돌아보는 시간을 갖게 된다. 물론 관광객이 아닌 여행자로 그곳에 존재할 때 말이다. 멈춤이 없는 삶은 마치 도화지 속에 빽빽하게 들어찬 그림과 같다. 아무리 좋은 그림도 여백이 없다면 그 아름다움을 제대로 느끼지 못한다. 삶을 성찰하고 재검토하는 시간은 늘 멈춤 속에서 얻어지며, 그렇기에 그 시간을 제대로 가지지 못한다면 인간은 메마르고 동시에 내가 잘 알지도 못하는 무언가로 가득한 삶을 살게 된다. 생각만 해도 숨이 막히지 않는가. 우리는 그 멈춤 속에서 생각의 씨앗을 새로 심으며, 그것은 언젠가 생각지도 못한 좋은 열매로 우리 삶을 풍요롭게 한다. 아마도 니체가 말한 5단계의 '작품'은 그 열매 중 하나일지 모르겠다. 혹은 좋은 습관이나 삶의 태도, 그리고 세상을 바라보는 새로운 관점도 그러한 좋은 열매 중 하나일 것이다. 그래서 나는 여행할 때마다 그 씨앗을 새로 심고 열매를 틔우면서 삶의 막을 다시 펼치곤 했다. 그러지 못했다면 나는 아마 다른 사람이 되어 있었을지도 모른다.

요즘 그 어느 때보다 열심히 일하면서, 한 5년쯤 후에는 잠시 일을 내려놓고 혼자 긴 여행을 다녀올까 생각하곤 한다. 괴테는 바이마르 궁정에서 10년 동안 자신의 소임을 충실히 하다가 안식년이 되자 로마로 여행을 떠났다. 행선지와 기간도 모른 채, 그 누구에게도 알리지 않은 채 불쑥 말이다. 여행이란 낯선 곳에서 다른 사람을 통해 자신을 들여다보고 자기를 새롭게 만드는 일이라고 하던 괴테의 생각이 고스란히 반영된 여행이었다. 그리고 그 여행이 자기 삶을 얼마나 풍요롭게 해줄 것인지 괴테는 이미 알고 있었는지 모르지만, 실제로 그는 그 여행에 대해 '로마에 도착한 첫날이 나의 제2의 탄생일이자 나의 진정한 삶이 다시 시작된 날'이라고 표현할 정도로 중요한 여정이었다 한다. 그는 2년 동안 이탈리아를 다니며 수많은 예술과 자연을 접했고, 사람들이 사는 방식들을 새로이 관찰하고 연구하면서 전과는 전혀 다른 새로운 세상에 대한 통찰을 얻을 수 있었다고 한다.

나 역시 미래에 떠나게 될 그 여행이 어디로의 여행일지, 얼마만큼의 여행일지는 아직 모르지만, 그것이 내 삶을 또 한 번 긍정적으로 바꾸고 새로운 장을 펼치리라 믿는다. 그리고 여행과 찰떡궁합인 독서 역시 원 없이 하고 오리라 생각한다. 그러한 생각은 벌써 내 가슴을 설레게 한다. 여행을 하면서 우리는 그 어느 때보다 나와 세상, 그리고 사람과 자연에 대해 생각하게 된다. 그래서 나는 여행을 하는 순간 우리는 모두 철학자가 된다고 생각한다. 철학적이자 인문학적 여행자라 불렸던 괴테처럼, 일상을 떠나 여행자가 된 순간만큼은 우리 역시 철학자가 되는 것이다. 누군가가 "여행은 행복이 목적이다"라고 했던 것은 여행을 상상하는 순간부터 우리를 웃게 만들고, 우리의 가슴을 뛰게 만들기 때문이리라. 그래서 그 목적은 여행을 떠나기 전과 여행 후 돌아와 아쉬움에 다음 여행을 기약하며 열심히 달리는 순간까지도 계속 달성하게 되는 듯하다. 그러니 여행은 곧 행복이며, 여행하는 우리는 행복한 철학자 아니겠는가.

나는 무엇을 알고
무엇을 모르는가?

우리 회사는 한국에서는 제법 긴 역사를 가진 번역·출판기획 회사이기도 하지만, 동시에 미국·일본·중국·대만 등에서 출간하는 외서를 한국에 중계하는 에이전시이기도 하다. 20년 넘게 이 일을 해오면서 전 세계에서 출간되는 도서들을 자연스레 접하고, 그중 양서를 선별해 한국 출판사에 소개하다 보니, '이 책은 지금 출간하면 반향을 일으키겠구나!' 하는 게 어느 정도 보인다. 그렇게 오랫동안 외서들을 접하면서 나는 베스트셀러의 가능성 여부와 상관없이 '이 책은 우리 청소년들이 읽으면 참 좋겠다!' 싶은 도서를 많이 보았다. 안타깝게도 시간이 많이 흘렀지만 아직 한국에서 출간되지 않은 책이 많은데, 이유인즉 한국의 교육 과정이나 정서와 많이 달라서 소비권을 쥔 부모가 이 책들을 아이에게 사주지 않는다는 것이다.

특히 철학을 공부하고 독서에 깊이 빠져들면서, 미래의 우리 아이들이 '이런 책을 읽으면 어떨까?', '이런 공부를 하면 어떨까?' 하는 생각을 많이 하게 되었다. 프랑스의 수능시험에는 이런 문제가 나온다고 한다.

'자신이 모르는 행복은 가능한가?'

어떤 정답지도, 모범 답안도, 힌트도 없이 오직 이 문제 하나와 백지를 준 다음 네 시간 동안 쓰게 하는 것이다. 아마 우리나라에서 이러한 수능 문제가 출제된다면, 어느 순간부터 이에 대한 최선의 답을 낼 학원이 탄생할지도 모르겠다. 하지만 이 문제의 답은 없다. 네 시간 동안 '가능하다' 혹은 '불가능하다'라고 한 줄만 쓸 수는 없으니, 백지에다 어떻게든 무언가를 써내야만 한다. 여기서 생각해볼 건 이런 것이다.

'자신이 모르는'이라는 건 무엇을 의미할까?
'행복'이란 무엇일까?
'가능하다'라는 건 무엇을 의미할까?

이렇게 늘어놓고 보니 짧은 저 한 문장으로 말미암아 우리가 생각하고 결론 내야 할 것이 무척 많다. 예컨대 아리스토텔레스, 공리주의는, 막스주의는, 프로이트는 여기에 대해 무엇을 말했는가? 그것들을 끄집어내어 검증하고 내 생각들과 비교 분석하고 엮으면서 나만의 결론을 내는 것이다. 중요한 건 여기에 대한 정답은 없다는 것이다. '질문을 얼마나 잘 이해했고, 여기에 대한 결론을 어떤 방식으로 어떻게 끌어냈는가'만이 중요할 뿐이다. 백지 속에는 그 과정이 여실히 녹아 있을 것이다. 한국의 학생들이라면 시험지를 받는 순간부터 '멘붕'에 빠지지 않을까? 한국 학생들을 무시하는 것이 아니다. 전 세계 어디에서도 빠지지 않을 만큼 우리나라 젊은이들의 두뇌는 뛰어나다. 하지만 우리는 저 질문에 대한 답을 낼 교육을 받지 못했다. 그런 공부를 한 적이 없는데 어떻게 답안을 쓸 수 있을까. 학원에서 짚어준 정답지를 달달 외워서는 절대 채울 수 없는 답안지일 것이다.

프랑스 고등학생들이 받는 문제는 이 외에도 '진리는 우리를 자유롭게 하는가?', '이성과 감정은 둘인가?' 등 매우 관념적이고 문제 자체로도 이해하기 어려운 것이 대부분이라고 한다. 그런데 그 학생들이 이 시험을 치를 수 있는 이유는 이미 관련 답을 쓸 수 있는 충분한 공부를 하기 때문이다. 즉, 프랑스에서는 고등학교 3학년이면 인문사회·자연과학을 통틀어 무조건 바칼로레아(고등학교 졸업시험이자 대학교 입학시험)를 통과해야 하는데, 그래서 모든 아이가 일주일에 여덟 시간씩 철학 공부를 한다고 한다. 그렇게 졸업을 하고 스무 살이 된 아이들은 어떤 사람이 되어 있을까? 나이가 훌쩍 들어 철학에 빠진 나도 이렇게 많이 바뀌어가는데, 젊은 시절 철학과 인문학에 빠져 그들 속에 스며든 수많은 철학자의 사유들이 그들을 얼마나 성장시킬까. 우리나라에선 상상도 하기 힘들 정도다.

철학을 공부한다는 것은 기본적으로 '내가 무엇을 모르는지' 그리고 '무엇을 아는지'를 공부하는 것으로부터 시작한다. 나는 이것이 '시작'이라고 했지만, 니체가 자서전에서 '나는 어떻게 오늘의 내가 되었는가?'라고 한 것처럼 '나의 생각'이 어디서부터 왔고 그 생각이 어떻게 내 생각이 되었고 오늘의 나를 만들었는지를 아는 것은 이 공부의 전부일지도 모른다. 내가 아는 것과 모르는 것을 알고, 모르는 부분에 대해 끊임없이 공부해 나아가는 과정이 우리를 성장시킨다.

프랑스 아이들은 철학을 배우는 과정에서 자기 생각이 깨어지고 다시 정립되는 과정을 숱하게 경험했을 것이다. 자신이 모르는지조차 몰랐던 새로운 영역을 발견하고 생각의 틀이 확정되는 놀라운 경험 또한 했을 것이다. 어떤 책 속 내용이 자기 생각과 다르다면 처음엔 불편하겠지만 그것을 계속 받아들이고 자기 생각과 비교하는 과정을 통해 더 깊은 사유의 시간을 경험했을 것이다. 그리하여 내가 '안다'는 것은 과연 무엇을 안다는 것인지, 그것을 아는 상태에서 논점을 가지고 비교하고 검토하고 또 반증하고 투쟁하며 생각을 만들고 더 나은 자신을 만들어갈 것이다.

일찌감치 이 과정을 거친다면 우리는 얼마나 더 멋지고 성숙한 인간이 될까. 오랫동안 책을 기획하고 만들어온 사람으로서 다시 한번 반성의 시간을 갖는다. 그러면서 더 좋은 책, 우리의 생각 지경을 넓히고 '정상'이나 '비정상'을 뛰어넘은 온전한 자유로움을 가진 사고를 하게 만들 책을 더 많이 기획하고 전파하겠노라 다짐한다.

정말 멋지고 무서운 사람은 손가락 몇 개로 접할 수 있는 얕은 지식을 마치 '지성'인 것처럼 떠들고 공유하는 사람이 아니라, 끝없이 책을 읽고 공부하며 자기 생각을 검증하고 또 소중히 여기며 하나하나 정립해나가는 사람일 것이다. 내가 정녕 아는 것이 무엇인지, 모르는 것은 또 무엇인지. 그것들을 하나하나 날마다 깨달으며 나아가는 여정은 그 어떤 인간의 모습보다도 아름답다. 어릴 적부터 귀가 닳도록 들어온 '공부'라는 말은 우리에게 너무나 따분하고 지겨운 느낌이지만, 사실 공부는 마치 전 세계를 설렘으로 여행하는 일처럼 깊고 다정하고 달콤한 여정임을 우리 아이들이 깨닫는다면 얼마나 좋을까.

빈 수레가 요란할까,
찬 수레가 요란할까?

'유대인의 도서관은 시끄럽다'라는 말이 있는데, 상상이 가는가? 우리나라 도서관을 연상해보면, 길게 늘어선 책꽂이 사이를 발소리라도 날까 조심스럽게 거니는 사람들, 책상 앞에 앉아 조용조용 책장을 넘기며 책을 보는 사람들이 자연스레 떠오른다. 서로의 말소리가 최소화된 정적인 공간이 우리의 도서관 아니던가. 그런데 유대인의 도서관은 시끄럽다고? 대체 무슨 말일까? 이 말은 바로 그들의 '토론' 문화에서 기인한다. 유대인들은 도서관 곳곳에 앉아 이야기를 나눈다. 그 이야기란 다름 아닌, 자신들이 습득한 지식에 대해 서로 갑론을박하며 토론을 하는 것이다. 어떤 주제를 놓고 거기에 대해 끝없이 이야기를 나누면서 자기 생각을 상대에게 주장하기도 하고, 또 상대의 논리에 설득당하며 최선의 결론을 끌어낸다. 이 과정을 통해 그간의 지식 습득으로 갖게 된 생각에서 더 나아가 새로운 사실과 관점들을 바라보게 되고, 생각의 지경이 넓어지는 경험을 하게 된다. 시끄러운 도서관의 풍경이란 우리나라에선 상상도 안 되는 일이다.

오랫동안 독서 모임을 주관해보면서 그리고 철학·인문학 수업을 하면서 느낀 것은, 우리나라 사람들은 '토론'을 선뜻 즐기지 못한다는 사실이다. 요즘 젊은 친구들은 어떨지 모르겠지만 우리 세대를 포함한 기성세대들은 '토론'을 '논쟁'이나 '대립'으로 보는 측면이 많았다. '지식'은 책을 읽거나 강의를 통해 들은 정보를 내 안에 축적하는 것으로 정의 내리는 경우로 보았다. 그래서 '누가 더 많이 아느냐' 하는 건 곧 얼마나 많은 책을 읽고 정보를 습득했느냐에 따라 판단되는 것이었다. 하지만 안다는 것은 내 머릿속에 많은 정보를 욱여넣는 걸 의미하지 않는다. 무언가를 '내 것'으로 만든다는 건 내가 아는 것으로 누군가와 충분히 토론할 수 있음을 의미하며, 그 토론을 통해 내가 아는 것에서 한 걸음 더 나아갈 수 있다는 사실을 의미한다. 그러나 '토론'이란 말은 어쩐지 우리에게 선뜻 용기를 일으키는 말은 아니다.

그러나 또 아이러니하게도 막상 누군가가 하나의 주제에 대해 이야기를 꺼내기 시작하면, 또 다른 누군가가 거기에 대해 조심스레 답을 하고, 그러다 보면 긴 시간 열띤 토론의 장이 열리게 된다. 시간이 흐르면서 처음보다는 훨씬 적극적으로 손을 들어 이야기하고, 나중에는 서로 말을 하기 위해 순서를 다투기도 한다. 나 역시 말을 유창하게 하는 사람도, 읽은 것을 전부 소화해내었다고 자부할 수 있는 사람도 아니지만 열띤 토론의 시간에는 열심히 내 생각을 펼쳐보게 된다. 한두 시간 동안 누구랄 것 없이 그렇게 실컷 떠들고 나면, 그 전과 다른 훨씬 똑똑해진 내가 된 듯한 느낌도 든다. 내가 아는 것을 주장하기 위해 논증하고, 다른 사람의 이야기를 통해 내 생각을 재정립하는 과정은 단순한 '앎'으로부터 우리를 훨씬 더 성장시키기 때문이다. 아쉬운 것은 이렇게 성인이 된 이후 '앎'을 위한 토론을 이어갈 장이 많지 않다는 현실이다. 성인들에게 자기계발이나 '배움'은 그저 일방적으로 무언가를 듣고 보는 것에 그치는 경우가 많다. 내가 진짜 '공부'를 위한 모임을 자꾸 만들어가는 이유이기도 하다.

서양 사람들이 한국에 대해 배우면서 알게 되는 여러 속담이 있는데, 그중에서 이 속담만 들으면 충격을 받는다고 한다. 바로 '빈 수레가 요란하다'라는 속담이다. 과묵함을 더 낫게 여기고, 많이 알수록 입을 다물고 있는 것을 미덕이라 여기며 살아온 한국 사람들의 정서가 영향을 미친 속담일 것이다. 하지만 서양에서 볼 때 이 속담은 말 그대로 충격적이다. 그들은 오히려 '찬 수레가 요란하다'고 여기기 때문이다. 예컨대 독서 모임을 할 때 어떤 주제가 나와 거기에 대해 열심히 이야기를 나누었다고 해보자. 집에 돌아오면서 생각해보니 한 시간 중 30분을 나 혼자 떠든 것만 같다. 나머지 사람들도 말하긴 했지만 주로 내가 이야기를 한 것 같은데, 그렇다면 그때 나는 어떤 생각이 들까? 한국인인 나는 문득 이런 생각이 든다.

'내가 너무 나댔나? 사람들이 나를 너무 잘난 척한다고 생각하면 어떡하지?'

하지만 서양 사람들의 경우는 다르다. 한 시간의 토론 동안 가장 말을 많이 한 사람을 향해 '저 사람은 배움에 참으로 적극적이다. 눈으로 보고 귀로 들은 지식을 자기 것으로 소화하는 똑똑한 사람이구나!'라고 생각한다. 또한 한 시간 내내 말 한마디 제대로 하지 않은 사람을 보고는 '저 사람은 이 주제에 관심이 없구나!' 혹은 '저 사람은 여기에 대해 제대로 아는 게 없구나!'라고 생각한다. '점잖고 과묵한 사람'이 아니라 '무지한 사람'이 되는 것이다.

단순해 보이지만 이는 매우 큰 차이다. 나는 해마다 유럽에 나가는 일이 매우 잦은데, 거리의 카페에 앉아 차를 마시는 동안 종종 주변을 둘러보면 한 손에 책이나 신문을 든 사람들이 여러 주제를 놓고 열심히 이야기를 나누는 모습을 자주 보게 된다. 각자 스마트폰을 들여다보고 있는 한국 거리의 모습과는 사뭇 다른 풍경이다. 그들은 결코 과묵하지 않다. 끝없이 무언가에 대해 이야기를 나누고, 자기 생각과 타인의 생각을 교환한다. 과묵한 프랑스 사람과 과묵한 유대인을 보는 일은 드물다. 그들은 자신이 아는 것을 끝없이 남과 나누고 그로 말미암아 새로운 지식들을 채우고 수정해가는 일에 적극적이기 때문이다. 도서관에서도 거리에서도 카페에서도 식당에서도 말이다. 적극적으로 이야기를 나누며 생활하는 그들의 모습은 우리에게 매우 익숙하다.

이렇게 적극적으로 이야기를 하는 것은 소크라테스의 철학그 자체이기도 하다. 소크라테스는 장소와 관계없이 사람들을 만나면 이야기를 나눴다. 그 내용은 대부분 학문에 대한 것이었다. 이토록 긴 시간이 지난 지금에도 우리에게 생각해볼 거리를 안겨준 그의 철학적 이론들은 끝없이 사람들과 토론하는 과정에서 다시 정립되고 또 깊어졌는지 모른다.

프랑스의 철학자 질 들뢰즈의 철학은 우리가 접하는 모든 것을 '당연한 것'으로 여기지 않는 데서 출발한다. 나는 '토론'이란 바로 그런 것, 나아가 '앎'이란 바로 그런 것이라 생각한다. 들뢰즈의 말처럼 말이다.

'무언가를 고정시켜서 의미를 찾아내는 것이야말로 허무한 말장난에 지나지 않는다.'

우리는 본질을 향한 끝없는 질문을 통해 더 많은 것을 알게 되고 앎을 향해 한 걸음 더 나아가게 된다. 질문은 결코 침묵을 통하지 않는다. 모든 수레는 처음엔 텅 빈 채 시작하겠지만 시간이 흐를수록 채워지며 더 요란한 소리를 낸다는 서양 속담이 어쩌면 나에겐 더 진리로 다가오는 이유. 그것은 철학이나 학문을 논할 때는 조목조목 따져야겠지만, 일상에서 별것 아닌 일로 꼬치꼬치 따지는 것은 금물이라 생각하기 때문이다. 아마도 우리나라의 '빈 수레가 요란하다'는 속담은 '제대로' 알지 못하면서 쉽게 이야기하는 걸 경계하는 의미에서 시작되었을 것이다. 그러나 그 역시 '제대로 알아야만' 말을 꺼내야 한다는 보수적인 태도에서 왔을 수 있다. 우리는 누구도 정확히, 완벽하게 무언가를 알 수는 없다. 그저 우리는 모두 어떤 것의 본질을 향해 나아갈 뿐이다. 잘 모르는 데서 시작해 조금 더 아는 데로 나아간다는 뜻이다. 그러므로 요란한 수레가 되기를 두려워하지 말자. 그 과정은 곧 앎이 없어 텅 빈 수레에서 생각이 꽉 찬 똑똑한 수레가 되는 길일 테니까.

빵 한 개로 배를 채우고,
책 열 권으로 정신을 채워라

에피쿠로스는 쾌락을 두 가지로 보았다. '육체적 쾌락'과 '정신적 쾌락'이 그것이다. 보통 '육체적 쾌락'이라고 말하면 '정신적 쾌락'에 대해 상대적으로 저급하게 여기기 마련이지만 실은 그렇지 않다. 우리는 사랑만으로도 살아갈 수 없지만 빵 없이도 살아갈 수 없기 때문이다. 나는 먹는 행위 자체를 즐기기보다는 '맛있는 것'을 먹기를 즐기는데, 그래도 배가 고프면 예민해지기 마련이다. 반대로 맛있는 걸 먹고 배가 부르면 기분이 좋다. 옛날에는 못 먹어서 죽었지만, 요즘은 '많이 먹어서 죽는' 시대가 되었다고 한다. 그럼에도 여전히 돈 많은 사람이든 적은 사람이든 기분 좋을 때 즐겨 하는 인사말은 '내가 맛있는 거 살게'다. 먹는 행위를 통해 배고픔을 달래고 나아가 맛있는 것을 먹어 내 미각을 충족시키는 일은 육체가 느낄 수 있는 가장 기본적이면서도 최고의 쾌락일지도 모르겠다.

어쨌든 인간은 육체적 쾌락을 추구하는 욕구로부터 자유로울 수 없다. 더우면 시원한 것을 갈망하고 추우면 따뜻한 것을 갈망한다. 배가 고프면 음식을 갈망하고, 아프고 힘든 일보다 몸이 쉽고 편안한 일을 갈망한다. 늦잠을 자면서 절대 깨고 싶지 않고, 가만히 두어도 건강을 유지할 수만 있다면 굳이 힘겨운 달리기나 등산으로 몸을 피로하게 하고 싶지 않을 사람도 많을 것이다. 우리 몸이 가진 감각들의 기본적 욕구를 채우고 나아가 즐겁게 만들려는 것이야말로 인간이 가진 가장 본능적인 모습일 거다. 아무리 똑똑하고 많이 아는 사람이라 할지라도 이를 부인하는 것은 가식에 지나지 않는다고 생각한다.

그러나 철학을 사랑하고 독서를 삶의 양식으로 여기는 우리가 차별되어야 하는 지점은, 한 걸음 더 나아가 '정신적 쾌락'에 대해 생각해보는 데서 출발한다. 인간은 결코 배부름만으로 채워질 수 없고, 육체의 편안함만으로 행복해질 수는 없기 때문이다. 에피쿠로스가 인간의 쾌락을 두 가지로 나눈 것은 시대를 막론하고 우리에게 엄청난 생각거리를 안겨준다. 즉, 잠시 멈추어 서서 인간의 삶을 성찰해보게 만든다. 지금 내가 살고 있는 모습과 나의 욕구, 내가 추구하는 욕망과 인간의 본질

사이에서 내가 설 지점을 생각해보게 한다.

에피쿠로스는 인간의 육체적 쾌락을 경시한 것은 아니다. 하지만 궁극적으로는 정신적 쾌락을 중시했다. 우리가 육체적으로 느끼는 쾌락보다는 정신적으로 느낄 수 있는 쾌락의 지속성이 더 높다고 여겼기 때문이다. 그래서 육체적 쾌락을 추구하되 기본적인 것을 충족하고, 욕심을 버리고 정신적 쾌락을 추구하라고 한 것이다. 어떤 책에서 '일을 미루는 습관'이 가져다주는 에너지 소모에 대해 이야기한 것을 본 적이 있다. 한참 에피쿠로스에 빠져 있을 때라 그 내용은 이 철학과 맞물려 여러 생각을 하게 했다. 우리는 보통 밥을 먹고 힘을 쓰는 일이나 과중한 뇌의 노동이 에너지 소모를 가져온다는 걸 잘 알고 있다. 그러나 우리가 정신적으로 느끼는 고통, 채워지지 않는 욕구로 말미암아 소모되는 에너지 역시 엄청나다는 사실을 아는가. 수능을 준비하는 학생들이 어느 토요일 아침 누구도 깨우지 않은 채로 늦잠을 잘 수 있다면 몸은 얼마나 개운할까(보통 한국의 고3 학생들의 얼굴은 그리 개운해 보이지 않는다. 늘 수면 부족에 시달리기 때문이다). 하지만 그날 온종일 정신적으로는 어쩐지 불안하고, 찜찜한 기분을 느낄 것이다. 시간을 온전히 쓰지 못한 죄책감이나 지금 처한 상황에서 본분을 다하지 못했다는 생각을 지울 수 없어 온종일 더 책에 머리를 파묻을지 모른다. 한 번의 늦잠이 가져다준 가혹한 정신적 형벌이다.

나는 주로 이러한 형벌을 일을 미루거나 해야 할 일을 잘해내지 못했을 때 느낀다. 그 이유로는 지금 더 하고 싶은 걸 해버리거나 내 몸이 조금 편하자고 그것을 선택하지 않았을 때다. 우리는 막상 그 시간을 더 행복하게 보낼 것 같지만 우리의 몸과는 반대로 정신은 그러지 못한다. 그 찜찜함과 불안함은 궁극적으로 우리를 행복하지 못하게 만들고 엄청난 에너지를 소모하게 만든다. 배가 고파서 아픈 것보다 정신적 충격이나 답답함, 막막함, 찜찜함 때문에 몸이 아플 때가 많다는 걸 우리는 경험하지 않았나. 그러니 어쩌면 에피쿠로스가 말한 '정신적 쾌락'은 실질적으로 인간을 지배하는 정말 큰 본질인지도 모르겠다.

빵으로 채운 배는 잠깐 우리를 행복하게 해줄 수 있지만, 그때뿐이다. 이와 달리 내가 책임을 다하고 일을 제때 해내며 좀 힘들어도 무언가를 제대로 해냈을 때는 지속적인 만족감을 안겨준다. 배가 고파 밥 한 그릇을 먹었을 때 채워지는 욕구는 두 그릇, 세 그릇을 먹는다고 더 채워지는 것은 아니다. 오히려 배가 너무 부르면 우리는 때때로 불쾌감을 느낀다. 육체적 쾌락은 선을 넘었을 때 '쾌'가 '불쾌'로 변해버린다. 하지만 정신적 쾌락은 다르다. 이는 추구하면 할수록 더 길고 깊은 기쁨을 안겨준다. 욕심을 버린 채 기본적인 육체적 쾌락을 추구하고, 정신적 쾌락을 더 갈망하는 것이 인간에게 더 오랜 쾌락을 안겨준다는 말이 더욱 이해된다.

전에 TV를 보니 다섯 식구가 옹기종기 모여 얼마나 즐겁게 밥을 먹는지 그 모습이 신기했다. 밥상 위에는 푸석한 밥과 된장, 김치가 전부였기 때문이다. 밥상에 차려진 음식의 내용이 아닌 그들이 밥상 위에서 나누는 이야기들이 그들의 행복에 더 큰 영향을 미쳤을 게 분명하다. 물질적인 것, 비싸고 호화로운 것이 인간에게 더 큰 쾌락을 안겨주리라는 생각은 금물이다. 오히려 허황한 것을 추구할수록 고통은 커질 뿐이다. 물질적이고 육체적인 것은 더욱 절제하고, 기본적인 것에서 만족하는 게 이성적 인간이 할 수 있는 지혜로운 선택이다. 그 대신 우리가 욕심을 내야 할 게 있다면 바로 정신적 쾌락에 대한 것이다. 그중에서도 독서는 매우 훌륭한 정신적 양식이 된다. 모르는 영역을 넓히고 앎의 깊이로 빠져드는 일은 지속성을 넘어 영속적이며 아무리 많이 욕심을 부려도 불쾌하거나 질리지 않는다. 이것은 절제를 필요로 하지 않는다.

인간은 모두 행복을 추구하며 살아간다. 그러나 그 행복이 어디에 있는지 정확히 아는 사람은 많지 않다. 우리는 모두 불완전한 인간이기에 그것을 깨달아가는 삶의 여정을 밟고 있을 뿐이다. 하지만 확실한 것은 우리가 우선시하는 물질적, 육체적 쾌락 속에는 그 행복의 온전한 답이 존재하지 않는다는 사실이다. 삶의 반을 넘어선 지금에서야 그 사실을 깊이 깨닫고 있다는 것이 좀 안타깝긴 하지만. 그러나 배고픔보다 정신의 고픔이 더 아프다는 걸 알게 되었다는 사실만으로도 감사할 수밖에. 그래서 에피쿠로스는 "물과 빵만 있으면 나는 신도 부럽지 않다"라고 했나 보다. 늦은 시각, 책을 열며 정신적 쾌락을 향해 한 걸음 더 나아가 본다.

작가가 되고 싶다면
독서가가 되어라

사실, 독서와 관련해서는 이 책을 통해 하고 싶은 이야기가 무척 많다. 책을 좋아하는 사람 누구인들 그렇지 않을까. 그러나 특히 나에게 책은 여러 의미를 지닌다.

나는 지금까지 엄청난 양의 독서를 했고, 많은 간접 경험을 쌓았고, 수많은 저자의 이야기를 접했다. 책과 관련한 일을 오랫동안 해왔지만, 처음부터 독서에 심취했던 것은 아니다. 읽는 행위를 좋아하긴 했지만 그렇다고 두꺼운 책을 날마다 붙들고 앉아 물고 늘어지는 일을 좋아했던 건 아니다. 그리고 매일 시간을 정해놓고 책 읽을 만큼 독서에 열정적이었던 것도 아니다. 그저 이 일에 필요한 만큼의 책을 읽고 최신 트렌드를 놓치지 않을 정도의 정보와 지식을 책을 통해 얻었다. 그리고 대부분은 내 생각과 경험에 의존해 살았다. 여기서 '산다'는 건 다양한 활동을 포함한다. 회사에서 대표자로서의 일, 사람 관계 속에서의 역할, 가정에서의 역할 등등을 수행하는 활동들 말이다. 하지만 시간이 흐를수록 '나는 왜 이렇게 서툴까?' 하는 생각을 하게 되었다. 나름대로 내가 터득한 노하우나 성공 경험을 통해 사람들을 대하고 회사를 경영하지만, 뜻대로 되지 않을 때가 많았다. 주변에 좋은 분이 많아 도움받기도 했지만 그것에는 한계가 있었다. 거기에 대한 답을 어디에서 찾으면 좋을까 고민했지만 뾰족한 수가 없었다. 넘어지고 앞으로 나아가길 반복하며 어떻게든 버텼다. 하지만 늘 그 상황이 불만족스러웠다.

독서를 시작한 것은 그러한 내 삶에 대한 답답함 때문은 아니었다. 우연한 기회에 독서를 시작했고, 무언가를 시작하면 끝을 보는 성격 때문에 어차피 시작한 독서 제대로 해보자는 마음이 컸다. 하지만 결론부터 말하자면 이러한 독서는 내 삶을 송두리째 바꾸어놓았다('송두리째'라는 단어가 이렇게 기가 막히게 들어맞다니! 말 그대로 완전히 180도다). 독서에 빠져들면서 비로소 나는 독서라는 영역에 대해 재정의했다. 독서는 단순히 책 속에 쓰인 글자나 문장을 읽는 행위를 의미하는 것이 아니었다. 독서는 나를 감옥으로부터 끌어냈다. 내가 지어놓은 '나의 옳음'의 감옥에서 나를 탈출시키고, 미지의 영역 속으로 나를 데려갔다. 끝없는 모험을 하게 만들고, 끝없는 이야기보따리를 풀어놓았다. 그 두렵고도 험난한 여행 속에서 나는 엄청난 정신적 쾌락과 희열을 맛보았다. 그리고 이는 단순히 아는데 그치지 않고 실행함으로써 내 삶은 다른 방향으로 나아가기 시작했다. 매일 새벽, 두 시간 독서는 나의 일과 인간관계, 나아가 '나'라는 사람이 가진 생각을 완전히 바꾸었고 내 삶을 변화시켰다.

그리고 그 변화는 분명 매우 좋은 변화였다. 인간의 성장은 숱한 실패로부터 이루어지기도 하지만 책을 통한 간접적 경험으로부터도 이루어진다. 도전적 성향을 지닌 내게 실패와 도전의 값진 경험을 넘어 큰 통찰과 노하우를 안겨준 것이 바로 독서다. 독서는 그야말로 판타지의 향연이다. 큰돈 들이지 않고도 수천 년 전의 사람들을 만나며 그들로부터 삶의 깊이를 배우며 그들 덕분에 내 생각의 영역이 넓어지니 말이다. 도저히 뚫을 수 없을 것만 같던 두꺼운 책을 독파해낼 때마다 가슴 깊은 곳에서 끓어오르는 희열을 맛보곤 했다. 과거의 성인들이 했던 생각들을 공유하고 때때로 그들에게 질문을 던지고 답을 발견하는 내 모습을 보며 흡족해하기도 했다. 지금도 나는 늘 가방 속에, 서재는 물론이고 침대 머리맡에 책을 두며 이제는 독서와 뗄 수 없는 삶을 살아가고 있다. 독서하지 않았을 때 알지 못했던 나의 과오들과 나의 무지함으로부터 비롯된 여러 선택에 대해 후회하고 반성하기도 했다. 독서가 아니었다면 결코 하지 못할 생각들이다.

얼마 전 이 책을 쓰기 위해 서재에 깊이 박힌 자료들을 뒤지다 20~30대 시절 메모하곤 한 노트 한 권을 발견했다. 기타와 시를 좋아했던 청년은 다양한 방법으로 당시의 삶을 표현해놓고 있었다. 돌이켜보면 그때 다양한 책을 읽으며 삶을 짚어보았던 내가 있었다. 바쁘다는 핑계로, 일이 더 중요하다는 핑계로 멀리했던 읽기와 쓰기를 다시 찾았음에 안도감을 느낀다. 그리고 지난 두 권의 책과 이 책을 쓸 수 있게 된 것, '작가'라는 두 글자를 얻을 수 있게 된 것도 독서 때문임을 새삼스레 느낀다. 나는 '어떻게 작가가 될 수 있느냐?'라는 질문에 답을 얻기 위해 찾아오는 수많은 사람에게 "작가가 되고 싶다면 독서가가 되어야 한다"라고 강조한다. 글을 읽지 않는 사람이 작가가 될 수는 없다. 누군가가 그랬다. 책을 많이 읽으면 설령 작가가 될 수 없다 하더라도 고급 독자는 될 수 있다고. 내가 경험했듯 독서는 삶을 바라보는 눈을 바꾸고 세상을 받아들이는 깊이와 넓이를 바꾼다. 그전과는 전혀 다른 생각을 하게 하고, 숨겨진 창의성을 발현하게 해준다.

지금, 작가의 꿈을 꾸고 있다면 혼자 있는 가장 고즈넉한 시간에 독서하라고 권유하고 싶다. 작가가 되는 과정, 즉 글을 쓰는 과정은 내 안에 있는 것들을 들여다보고 끄집어내는 시간을 동반한다. 혼자 책을 읽는 시간, 자아의 힘은 눈을 뜨기 시작한다. 내 마음속에 무엇이 있는지 비로소 보이기 시작하고, 그게 좋은 것이든 나약한 것이든 마주 볼 용기를 얻게 해준다. 책 속의 수많은 저자가 그런 과정을 거쳤으니 나 또한 그 길을 따라갈 수 있으리란 용기 말이다. 나와 대화할 수 없는 사람은 결코 작가가 될 수 없다. 독자와 소통하기 전에 먼저 나 자신과 소통이 되어야만 하기 때문이다. 독서는 그러한 '나와의 대화'로 나를 초대한다. 그 대화는 우리 내면을 더욱 풍성하게 만들고 우리 삶을 더욱 선명하게 만들어준다. 독서가 우리를 훤히 열린 지혜의 창으로 안내하리란 걸 의심하지 않아도 좋다. 내가 지금의 내 모습을 이토록 사랑하게 된 이유가 바로 거기에 있기 때문이다.

교양 속물이 될 것인가, 젊은 지성인이 될 것인가?

나는 자주 소크라테스의 유명한 패러독스 (Paradox, 역설)를 떠올린다. 바로 '내가 알고 있는 유일한 사실은 아무것도 모른다는 사실이다'이다. 독서에 심취하고 철학에 빠져들면서 이 패러독스는 내가 '앎'을 추구해가는 데 대전제가 되었다. 내가 가장 경계하는 건 '안다'고 말하는 것이다. 나중에 한 번 더 이에 대해 구체적으로 다루겠지만 사실 우리가 '안다'고 말하는 건 표면적인 것일 때가 많다. 아주 단편적인 지식(단순한 정보)에 대해 듣고 아는 것으로 '안다'라고 할 때가 많기 때문이다. 그래서 사람들과 함께할 때 "나 그거 알아" 하는 말을 달고 사는 사람을 볼 때면 '그가 과연 그것에 대한 본질을 알고 있는 걸까?' 하는 생각을 하게 된다. 그래서 나 역시 스스로 "안다"라고 말하는 것을 조심하게 된다. 내가 그것에 대해 진짜 알고 있는 건지 스스로 의심하지 않는 순간 앎을 위한 행위가 멈춰버리기 십상이다.

바꾸어 말하면 우리는 모두 '나도 모르고 너도 모른다'는 사실을 인정하고 전제로 삼을 때 배우기를 지속할 수 있다. 장자도 그러지 않았던가. "우리의 삶에는 끝이 있으나 앎에는 끝이 없다"라고 말이다. 정곡을 찌르는 말이다. 인간의 삶과 생명은 유한하지만, 지식은 무한하다. 앎은 아무리 탐구해도 완성할 수 없는 것이니, 우리는 미지의 세계를 향해 꾸준히 항해해야 한다. 앎을 추구해본 적 없는 사람은 참된 앎이 무엇인지 모른다. 그러니 무지에서 벗어나려고 하지 않는다. 하지만 소크라테스를 비롯한 수많은 성인이 말했다. 배움은 끝이 없는 것이라고, 그래서 우리 삶이 끝나는 그 순간까지 해야 하는 것이라고. 유명한 일화가 있지 않던가.

사형을 일주일 앞에 둔 소크라테스는 동료 죄수가 부르는 시인 스테시코로스의 서정시를 듣고 큰 감동을 받아, 그에게 지금 부른 노래를 가르쳐달라고 했다. 그러자 젊은 죄수는 어차피 일주일 뒤에 죽을 텐데 노래는 배워서 뭘 하겠냐고 물었다. 소크라테스는 대답했다.

"쉰 살이 남은 당신의 배움과 나의 배움에 대한 생각은 다르지 않다네."

그렇다. 배움이란 죽을 때까지 하는 것이다. 그러고 보면 소크라테스의 배움이나 헨리 포드의 배움 역시 크게 다르지 않다. 그것은 자신의 무지를 깨닫고 잠들어 있는 이성을 깨우기 위해 끊임없이 배우고자 하는 정신에서 출발한다. 우리가 아는 것을 배울 수 있을까? 배울 수도 없고, 배울 필요도 없다. 배움이란 모르는 걸 알게 되는 것이기 때문이다.

그리고 나는 여기에서 한 걸음 더 나아가기 위해 노력한다. 바로 '배움'을 '실천'으로 옮기는 것이다. 나는 책을 읽으면 '본깨적글'을 한다. '본깨적글'이란 '보고, 깨닫고, 적용하고, 쓴다'라는 뜻인데, 책 좀 읽는다고 하는 사람들도 '본깨적'은 하지만 '본깨적글'은 잘 하지 않는다. '본깨적글'은 책을 읽고 배운 것을 글로 옮김으로써 한 단계 더 나아가게 한다. 나는 주로 철학책을 읽는데, 모르는 단어가 나올 때는 반드시 그 뜻을 찾아보고 완전히 이해되지 않으면 이해할 때까지 읽고 또 읽는다. 그리고 그 시대의 역사적 배경이나 사회적 통념은 어떠했는지, 왜 이런 생각을 했는지에 대한 근원을 탐구하면서 실생활과 연관시켜 활용해보기도 한다. 즉, 나는 '본깨적글'에 '행'을 더하는 것이다.

때때로 이 '행'은 나에게 기적 같은 일을 선물해주기도 한다. 일전에 어떤 책을 읽으며 '언어의 중요성'에 대해 깊이 깨달은 적이 있다.

한번은 일본 출장을 가기 위해 AN 항공기를 타게 되었는데, 카운터에 가니 승무원이 이제 막 승객을 맞이할 채비를 하고 있었다. 승무원의 모습이 힘들어 보여 "안녕하세요? 이른 아침부터 고생이 많으시네요" 하고 인사했더니 승무원은 고마운 마음으로 애써 웃음을 지으며 가벼운 목례를 했다. 잠시 후 탑승권을 받고 "오늘도 좋은 하루 되세요" 하고 입국장으로 가 수속을 밟았다. 탑승 시간이 되어 탑승 게이트 앞에 줄 서서 들어가며 탑승권을 건넸다. 그런데 그 탑승권을 전자기기에 올려놓자마자 삐삐빅, 하는 소리가 울리면서 빨간불이 켜졌다. 순간 나는 '뭐가 잘못되었구나!' 생각했는데, 승무원이 "고객님! 비즈니스로 업그레이드되었네요" 하면서 비즈니스 탑승 입구로 안내하는 것 아닌가? '이건 뭐지?' 하면서 별생각이 다 들었다. 참고로 나는 20년 넘게 비행기를 수없이 탔지만 지금까지 일본 AN 항공은 세 번 정도밖에 안 탔다. 그런데 어째서 AN 항공이 이유 없이 나에게 비즈니스 클래스 티켓을 주었을까? 아무리 생각해봐도 아침에 살갑게 인사를 나눈 그 승무원이 비즈니스로 발급해준 것이 아니었을까 하는 생각이 들었다. 책에서 읽은 것을 행하지 않았다면, 그래서 나의 과거 모습이 변화하지 않았다면 일어나지 않았을 일이다.

나를 바꾸는 것은 큰 용기를 내야 하는 일이었지만, 상대에게 건네는 상냥한 말 한마디가 얼마나 많은 영향을 미치고 분위기를 바꾸며 또 긍정적인 피드백을 얻게 하는지 경험한 후부터는 '말 한마디가 천 냥 빚을 갚는다'는 말을 맹신하게 되었다. 인간이란 살아온 습관을 바꾸기가 참 쉽지 않다. 그러나 책을 통해 알게 된 사실을 실행으로 옮기는 것은 우리 습관을 바꾸게 만들고 나아가 우리 삶을 바꾸게 한다. 나는 니체가 지적했듯 알면서 행하지 않으면 '교양 속물'이 된다고 생각한다. 교양 속물이란 책을 읽고 지식은 많이 쌓았지만 정작 자기 삶에 변화는 없고, 그것을 장식물처럼 달고 다니는 사람을 이른다. 물론 자기 삶을 변화시키는 것은 두렵고 불편한 일이다. 하지만 두렵고 불편하다고 해서 실천하지 않으면, 비옥한 땅에서 인고의 시간도 없이 너무 빨리 성장하는 나무처럼 쉽게 무너질 수 있다. 공자 역시 "배우되 행함이 없는 것은, 배우지 않고 행하는 것만도 못하다"라고 했다.

무엇보다 나는 죽을 때까지 젊은 지성인으로 실천하는 삶을 살고 싶다. 여기서 '젊은 지성인'이란 헨리 포드의 말에서 따온 것이다. "배우기를 멈추는 사람은 스무 살이든 여든 살이든 늙은이다. 계속해서 배우는 사람은 언제나 젊다. 인생에서 가장 멋진 일은 젊은 마음을 계속 유지하는 것이다"라는 말. 아무리 보톡스를 맞고 성형해도 배움을 멈추면 우리의 정신은 늙고 병든다. 여전히 배울 것이 많은 우리가 배움을 멈추지 않고 나아가는 일, 그리고 그것을 실천으로 옮겨 나를 바꾸는 일은 우

리에게 어떤 값으로도 바꿀 수 없는 젊음을 선사한다. 그 젊음
은 어쩐지 우리의 육체까지도 젊어지게 만드는 듯하다. 사람들
이 자꾸만 나의 나이를 가늠하지 못하는 것을 보면 말이다. 어
쨌든 나는 교양 속물이 되고 싶진 않다. 언제나 삶은 선택의 연
속이다. 교양 속물 대신 젊은 지성인으로 사는 것. 지금 이 책
을 놓지 않은 당신의 선택이 후자일 것이라고, 나는 믿는다.

도덕은 도덕적인가?

지인을 통해 사람을 소개받게 되었다. 보통 우리는 사람을 소개할 때 "이름이 누구이고, 무슨 일을 하며, 어떤 분이세요"라고 간단히 그 사람의 특징에 대해 이야기하곤 한다. 그런데 지인의 경우 연결해줄 사람을 아주 독특하게 소개했다.

"이분은 법 없이도 살 분이세요."

아마 그만큼 선량하고 도덕적인 사람이라는 뜻으로 이렇게 소개했으리라. 우리는 반갑게 인사를 나누었고, 이야기를 나누다 보니 실제로 긍정적 사고를 지닌 데다 소위 사회에서 '도리에 어긋난다'고 여겨지는 행동을 잘하지 않는 사람으로 보였다. 자신의 이익을 위해서라면 수단과 방법을 가리지 않는 세상에서 '법 없이도 살 사람'이라는 수식어는 어쩌면 대단한 칭찬일지도 모른다.

신은 인간에게 자유의지를 주었다. 자유에는 언제나 책임이 따르기 때문에 우리에게 자유의지가 있다는 것은 곧 우리의 행동을 평가할 수 있는 잣대를 이미 가지고 있다는 뜻이기도 하다. 우리는 그것을 '양심'이라고 부른다. 보통 다른 사람에게 피해를 주거나 사회에서 무리나 공동의 약속을 어기고, 보편적으로 '악'이라 여겨지는 행동을 하게 될 때 우리는 양심의 가책을 느낀다. 그것을 '죄책감'이라고 표현한다. 그래서 니체는 '도덕적 죄책감'을 심리적으로 파편화시켜 개인에게 내면화해서 심어주면, 인간 사회를 통치할 이유가 없다고 말하기도 했다. 누구에게나 양심이라는 게 있고, 무엇이 나쁜 행동인지에 대해서 개개인이 죄책감을 통해 판단할 수 있기 때문이다.

하지만 많은 사람이 과연 우리 안에 있는 도덕성으로 이 세상을 살아갈 수 있는 걸까? 자신이 책임질 수 없는 행동을 저지르고 수습하지 못해 결국 남에게 피해를 주거나 사고를 저지르고 마는 경우, 그 사람에게 양심이 없어서 그런 일이 일어나는 건 아니다. 예컨대 매월 300만 원을 버는 사람에게 한도가 1,000만 원짜리인 카드가 주어졌다고 하자. 그 사람이 자신이 갚을 수 있는 만큼만 사용하면 아무 문제가 생기지 않겠지만, 이미 세상에는 무분별한 카드 사용으로 빚을 지고 자살까지 하는 일이 많이 일어났다. 지금 이 순간에도 신용불량자가 속출하고, 이와 관련한 수많은 사건이 일어나고 있다.

니체가 말한 '죄책감'을 통한 통치란 이때 느끼는 개인의 죄책감을 의미한다. '내가 왜 그랬을까?', '내가 정말 잘못됐어!' 하는 생각이 자신을 처벌하고 감시하는 시스템으로 작용함으로써 세상을 통치할 수 있게 된다는 것이다. 그래서 니체는 인간이 죄책감과 싸워 이겨야 한다고 말한다. 이 말을 잘못 이해하면 책임 없는 행동을 해놓고 죄책감을 갖지 말라는 뜻으로 이해할 수 있지만 내가 말하고 싶은 건 그런 의미가 아니다. 인간이 정해놓은 '도덕'이라는 잣대를 통해 나의 행동을 평가하고 스스로를 짓누르지 말라는 뜻에 가깝다. 니체의 말처럼 세상은 '도덕'이라는 공통적 가치를 우선시하며 양심에 근거해 상황을 판단하게 만든다. 하지만 우리가 보편적이라고 믿는 그 도덕적 기준이 때로는 맞고 또 때로는 틀릴 수 있다. 인간이 양심에 근거해 그 모든 도덕의 기준을 올바로 받아들이고 자신의 행동을 판단하고 행동하리라 생각해서는 안 되는 것 아닐까.

그리고 니체가 말했던 '죄책감과 맞서라'는 말의 의미는 그 죄책감을 통해 나 자신의 행동을 불필요하게 질책하지 않는 것이 중요하다는 뜻일 거다. 예컨대 함께 독서 모임을 하는 어떤 분이 오전 일찍 나와 독서 모임을 하고 함께 이야기를 나누다 점심시간이 다 되어서야 집으로 돌아갔다. 집에 가보니 아이가 너무 아파서 몸이 불덩이 같아 응급실에 가야 할 일이 생긴 것이다. 니체는 이런 경우 엄마는 바로 죄책감을 느끼게 된다고 말한다. '내가 미쳤지. 애도 돌보지 않고 뭔 놈에 독서 모임을 한다고!' 하면서 말이다. 니체는 이러한 죄책감은 법으로 사람의 행동을 구속하고 억압하는 것보다 훨씬 더 무서운 통치력을 발휘한다고 말한다. 하지만 "이렇게 아프면 나한테 전화하든가 아니면 아빠한테 전화하든가. 그것도 정 안 되면 119에 전화해서 병원엘 갔어야지"라고 말할 수도 있다(아마 누구도 그럴 생각은 하지 못할 것이다. 이미 이 상황 때문에 양심의 가책을 느끼게 되었기 때문이다). 그러나 우리는 이런 경우 대부분 자신의 욕구를 위해 독서 모임에 나오고 아이를 돌봐야 한다는 의무를 다하지 못한 자신을 스스로 비난하곤 한다.

인간은 위대한 존재이지만, 분명 적절한 법과 제도는 필요하다. 개인의 도덕성은 가치 있고 중요한 잣대이지만, 적절한 장치와 시스템은 인간의 행동을 통제한다기보다 과한 죄책감과 쓸데없는 도덕적 양심을 발동하지 않게 해준다. 물론 중요한 면접 시간을 놓치지 않기 위해 다리를 다친 강아지를 구하지 못하고 지나칠 수 있어도, 사람을 죽이거나 물건을 훔치는 건 잘못된 일이라는 정도의 양심 그리고 선악으로 명확히 분별이 될 정도의 보편적 타당성을 띤 도덕성은 반드시 갖고 있어야 한다. 이를 일종의 분별력이라고 할 수 있을 것이다. 그러나 사회는 그렇지 않은 사람들까지도 행복하게 어울려 살도록 하기 위한 합리적 제도를 마련해, 모두가 문제를 최소화하고 살게 해줘야 하지 않을까.

니체가 '도덕은 도덕적인가?'라고 한 질문은 참 여러 각도에서 생각해볼 만하다. 도덕은 도덕적일까, 아닐까? 이 책을 읽는 모두가 자신에게 이 질문을 한번 던져보면 어떨까.

커피가 침대라면

독일 이야기 중에 재밌는 것이 있다. 대략 이런 스토리다. 어떤 사람이 '언어'에 대한 의문을 품었다. 왜 사람들은 침대를 침대라 하고 커피를 커피라 하며 창문을 창문이라 할까? 나는 오늘부터 이 모든 단어를 다르게 불러야겠다. 그리하여 커피를 침대로, 침대를 창문으로, 창문을 의자로 부르자. 그날부터 이 사람은 세상의 모든 단어를 바꾸어 부르기 시작했다. 그리고 얼마 후, 이 사람은 홀로 외로운 상태에 놓이게 되었다. 아무도 그와 대화하려 하지 않았으며, 누구도 그와 소통할 수 없었기 때문이다.

짧지만 매우 인사이트가 있는 이야기다. 언어란 인간이 서로 편리하게 소통하기 위해 만든 약속이며, 우리는 그것을 지키며 살아간다. 그래야만 편안한 소통이 가능하니까. 박민우 저자가 쓴 《말 감각》에 보면, 이렇게 우리가 만든 언어는 동일한 집단 내에서 사용하는 익숙한 단어들이 존재한다고 말한다. 우리 회사에 혹은 우리 분야에서 주로 사용하는 약속된 언어들이 또 존재한다는 것이다. 그래서 효율적인 소통을 하기 위해서는 그러한 단어들을 서로 공유해야 하고, 혹 나와 다른 분야나 그룹의 사람들과 소통할 때는 내가 사용하는 단어가 상대방에게 익숙한지 아닌지를 체크하는 배려가 필요하다고 한다. 나에게는 쉽고 당연한 말이 상대에게는 아닐 수도 있고, 똑같은 단어도 전혀 다른 의미로 해석될 수 있기 때문이다.

어쨌든 '언어'란 우리 사회에서 빼놓을 수 없는, 어쩌면 가장 중요한 부분이 아닐 수 없다. 그래서 오래전부터 많은 철학자가 언어와 관련한 사유를 해왔다.

프랑스의 20세기 지식인이자 철학가인 푸코는 "언어도 구조화되어 있다"라고 했다. 언어의 구조화라니, 말이 좀 어려울 수 있다. 쉽게 말하면 우리가 사용하는 언어가 우리의 생각을 형성한다는 뜻이다. 앞서 본 독일 이야기처럼 우리가 약속한 단어들은 처음부터 그 사물 존재를 지칭하는 말은 아니었다. 우리가 그 존재를 부르기 위해 편리하게 이름을 붙인 것이다. 커피를 침대라고 부른다면 정말 어색하지 않겠는가.

"우리 침대 한잔할래요?"

그런데 푸코는 이러한 약속의 언어들이 단순히 단어를 넘어 문장이 되고, 언어 자체가 되면서 우리 사회를 구조화하고 생각을 지배한다고 말한다. 한 예로, 어떤 사람이 한국에서 고등학교만 졸업했는데 누군가가 이렇게 묻는다.

"대학은 어디 나왔어요?"

"아, 저 고등학교밖에 못 나왔어요."

자, 이 말을 보니 어떤 생각이 드는가? 마치 고졸이라는 학력에 큰 문제가 있는 것처럼 여겨진다. 더 심하게 어떤 사람이 이렇게 대답한다.

"아, 저는 초졸입니다. 초등학교밖에 못 나왔어요."

그런데 이 말을 들은 사람이 이렇게 대꾸하는 것이다.

"에이! 초등학교만 나오면 어때요. 사람이 되어야지! 괜찮아요, 괜찮아."

마치 대꾸를 한 사람이 상대에 대해 큰 이해심을 베풀고, 관대한 것처럼 보인다. 초등학교밖에 못 나온 그를 인정하고 초등학교밖에는 못 나왔지만 괜찮다며 그를 위축된 생각으로부터 해방시켜준다. 즉, 우리는 이처럼 언어를 통해 의미를 찾는 것이 아니라 언어구조에 의해 결정된 채로 소통한다는 것이다.

스위스 언어학자인 소쉬르는 마르크스, 프로이트, 니체 등의 주장에 대해 '구조주의'라는 정리를 내린다. 언어란 이미 존재하고 있는 관념에 이름을 붙인 게 아니라, 이름을 붙임으로써 그 관념이 우리의 사고 속에 존재한다는 것이다. 언어가 우리 사고를 지배한다는 게 그의 생각이다. 그런데 이름을 붙이는 건 그 사회의 가치관, 그 집단의 문화, 역사 등이 반영되지 않던가. 우리나라는 우리나라만의 가치관이 반영되듯이 말이다. 우리나라에선 대학교를 나오지 않은 사람에 대해서 '많이 못 배운 사람'이라는 생각 혹은 바꾸어 말해 '대학에 나오면 그래도 배운 사람'이라는 생각을 한다. 그러니 "어느 대학 나왔어요?"라고 했을 때 "고등학교밖에" 하는 대답으로 '밖에'라는 한계적 조사가 붙을 수밖에 없었던 것이다. "저는 대학에 안 갔는데요? ○○고등학교 나왔어요" 하는 대답은 어쩐지 우리나라의 정서와는 잘 맞지 않는 듯하다.

푸코는 이러한 언어의 구조학을 토대로 사회학과 역사학을 연구했다. 인간은 자신들의 활동을 표준화하려는 성향을 갖는데 이것이 언어를 통해 구조화를 이루고, 이것이 제도가 되면 권력적으로 작용한다는 결론을 내기도 했다. '이것은 이것이고 저것은 저것이다'라는 보편적 정의를 내리고 언어를 통해 그것이 구조화되면, 그에 반하거나 다른 사람의 행동은 '잘못된 것'으로 봄으로써 권력이 작용하게 된다는 것이다. 그래서 과거에는 함께 살 수 있던 사람도 표준화를 통해 사회에서 저 멀리 팽당하게 되었다는 것이 그의 이론이다.

우리가 언어의 영향을 받는 존재라는 건 부인할 수 없다. 언어의 구조화라는 다소 어려운 부분에 철학적 접근을 하면서, 과연 중대한 질문 하나를 스스로에게 던졌다.

'과연 나는 내가 하고 싶은 말을 하고 사는 걸까?'

이 말은 내가 생각하고 바라는 진짜 욕망과 진심을 내가 원하는 언어로 내뱉고 있는가 하는 문제다. 소쉬르의 말처럼 언어가 곧 나의 사고가 되어버린다면 나의 모든 말은 결국 언어에 의해 지배당하고 스스로 생각하고 말하는 것이 아닌, 언어의 시스템으로 말미암아 말하는 존재가 되는 것이니 말이다. 푸코는 그래서 인간은 결국 인간이 편리성을 위해 만든 제도와 권력관계 안에서 몸부림치는 한낱 존재로 보았다. 다소 과한 표현이었을 수는 있으나 중요한 건 우리가 하는 말 속에서 우리는 그 안에 담긴 사회와 전통의 가치관이 과연 나의 진심과 생각으로부터 비롯된 것인지, 그저 언어의 시스템 속에 좌우되고 있는 건 아닌지 한 번쯤 생각해보아야 한다는 사실이다. 나는 사람을 학력으로 평가하지 않는다. 어느 대학을 나왔건 행여 대학이 아니라 고등학교도 졸업하지 못했다 하더라도, 그 사람이 가진 재능을 우선시한다. 그러나 나의 이런 진심과 관계없이 면접을 볼 때면 "이력서에 보니 대학을 안 나왔던데 특별한 사연이 있나요?" 하는 말이 나갈 때가 있다. 특별한 사연이라니! 대학을 안 갔다는 이력에 특별한 사연씩이나 필요할 일인가. 우리 사회가 만든 생각이라는 게 얼마나 무서운 것인가.

　우리는 누구에게도 휘둘리지 않는 나만의 확고한 철학과 생각으로 살아가기를 소망한다. 다수가 "예스"를 말할 때 "노"라고 할 수 있고, 누가 정해준 생각의 틀이 아니라 내가 정한 나의 구조의 틀 속에서 살아가길 원한다. 그러기 위해서 우리는 가장 먼저 우리가 사용하는 언어에 대해 생각해야 한다. 어느 영화 대사에서 아버지가 함부로 말을 잘 내뱉는 아들에게 "생각하고 말하는 거야"라고 따끔히 훈육하는 걸 본 적이 있다. 어쩌면 그건 구조화된 언어 속에 살아가는 우리 모두에게 해당하는 얘기일 것이다. 우리의 입에서 이미 구조화된 채 나가는 말은 우리의 것이 아닐 수 있다. 충분히 생각한 후 그게 나의 생각이라면 그제야 제대로 된 언어가 될 것이다. 물론 침대는 침대, 커피는 커피여야 한다. 커피가 침대라면 얼마나 불편하겠는가. 그러나 그것은 우리의 약속일 뿐 그 존재는 세월이 많이 흐른 후 또 다른 이름이 되어 있을지도 모른다. 가비가 커피가 된 것처럼.

변해야 할 것과
변하지 않아야 할 것

"넌 변했어!"

"아니야. 내 마음은 변하지 않았어. 네가 그렇게 느낄 뿐이야."

"거짓말! 더는 예전의 네가 아니야! 완전 딴사람이 되었어!"

아마 이런 대사는 매우 익숙할 것이다. 우리가 보는 멜로 영화나 드라마에 자주 등장하는 대사이기도 하고, 언젠가 젊은 시절 우리가 연인과 함께 나누었거나 주로 들었던 말일지 모른다. 특히 불같이 타오르던 연인 간의 사랑은 시간이 지날수록 편안함으로 자리 잡는데, 특히 남자들의 경우 그 편안함을 지루하다고 느끼기보다는 익숙한 상태로 돌입한다고 여긴다. 하지만 여자들은 그전처럼 자신을 대하지 않는다고 여기거나 자신을 사랑하는 마음이 바뀌어서 그렇다고 여기는 경우가 많다. 물론, 그런 경우도 있겠지만 대부분 남자들의 도파민(사랑

호르몬) 분비는 3년을 넘기가 힘들다. 그러니 어쩌면 여자들이 남자를 향해 "너 변했어!"라고 하는 건 당연할지도 모른다. 사랑하는 마음은 더 깊어졌을지언정 대하는 태도나 적극성은 풋풋했던 연애 초기에 비해선 확실히 달라졌을 테니 말이다.

나는 과거 건강을 잘 돌보지 않고 외모에도 크게 신경을 쓰지 않았던 시절에 비해 많이 변했다는 소리를 듣는다. 그래서 비교하기 위해 과거 사진을 스마트폰에 넣고 다니면서, 가끔 사람들을 즐겁게 해주기 위해 보여주곤 하는데 그러면 어김없이 빵 터지면서 웃음바다가 되곤 한다. 잘 정돈되지 않은 모습이어서도 그렇지만 동그란 얼굴에 수염이 거뭇거뭇한 사진은 지금과는 확연히 비교된다. 내가 봐도 웃음이 나오니 다른 사람들은 오죽할까.

지금은 외면적으로도 많이 변화했지만 내적으로도 큰 변화를 이뤘다. 긴 시간 동안 하루 두 시간 이상 새벽에 일어나 독서하고 철학을 공부하면서, 내가 꼭 옳다고 생각했던 가치관이나 아집들도 많이 내려놓게 되었고 새롭게 정립된 생각도 많아졌다. 세상을 바라보는 관점도 바뀌었고 사람을 대하는 태도도 많이 바뀌었다. 만나는 사람들이나 하는 일에서도 바뀐 부분이 많다. 그리고 이러한 변화에 상당히 만족하며 살아가고 있다. 어떤 사람들은 "사람은 절대 안 변한다"라고 하고, 또 어떤 사람들은 "세상에 안 변하는 사람 없다"라고 하는데, 전자의 말도 맞고 후자의 말도 맞는 듯하다. 뭐든 골똘히 보기를 좋아하고 글로 남기기를 좋아하며, 사람들과 어울리기를 좋아하는 '나'라는 존재의 특성은 크게 변하지 않았다는 점에서 나는 변하지 않았고, 앞에서 이야기한 것처럼 내면과 외면적으로 채워지고 달라졌다는 점에서는 분명 변화했기 때문이다.

과거 시대의 철학자들 중 "모든 만물은 변한다"라고 주장한 헤라클레이토스와 "절대 변하지 않는다"고 주장한 파르메니데스가 대립을 이루었다. 헤라클레이토스는 모든 것의 시작이 '불'이라고 하면서 세상의 모든 만물이 일정한 질서 안에서 변한다고 주장했다. 불이 변해서 공기, 바람, 물, 흙, 영혼이 된다고 믿었던 것이다. 불이 변화하는 과정에서 충돌이 일어나 그 모양이나 성질이 달라진 형태로 나타난다고 했는데, 이렇게 모습은 변화하지만 결국 그 본질은 하나라고 여겼다. 죽음과 삶은 반대편에 있고, 오르막길과 내리막길 역시 대립되는 개념이라고 여겨지지만, 이 역시 모두 변화의 흐름 속에 있는 하나라고 여겼다.

헤라클레이토스가 이처럼 세상의 모든 것이 변화한다고 여겼다면 이와 반대되는 의견을 가진 사람이 파르메니데스였다. 그는 모든 것을 '이성으로 보아야 한다'고 주장했는데, 우리 눈에 세상이 변하는 듯 보여도 그건 결국 허상이라고 여겼다. 얼음을 온도가 높은 곳에 두면 녹는데, 이조차 물이 얼음으로 변하는 것이 아니라고 했다. 이는 감각에 의한 변화이지, 이성을 통해 꿰뚫어 보면 변화한 게 아니라고 주장한 것이다. 내가 좋아하는 레몬차가 있다고 할 때, 그 차가 10분 전에는 뜨거웠는데 지금은 차갑게 식은 차가 되었다고 하자. 그러면 그건 변한 것일까? 온도는 변화했지만 그것이 레몬차인 것에는 변함이 없다. 따뜻한 레몬차나 차가운 레몬차나 물에 레몬을 담근 레몬차임은 변함이 없으므로, 이 세상에 변화하는 건 없다고 본 것이다.

'우리는 같은 강물에 발을 두 번 담글 수 없다.'

헤라클레이토스의 이 명언은 변화하는 세상 이치를 잘 설명한 아주 통찰력 있는 말이다. 그의 말들은 난해하다는 평을 받기도 했지만, 후일 많은 철학자에게 영향을 미친 것도 사실이다. 동시에, 변화하는 세상의 많은 현상을 허상으로 보고 이성으로 모든 본질을 꿰뚫어 보아야 한다는 파르메니데스의 주장에도 큰 깨달음을 얻을 수 있다. 이 세상의 많은 것이 변화하지만 그 속에서 절대 변하지 않는 본질을 볼 수 있다는 것은 우리에게 통찰을 준다. 특히 우리는 사람을 볼 때 그 사람의 겉모습을 보고 판단하는 경우가 많은데, 가장 잘 변하는 것이 우리의 겉모습이다. 인간은 결국 시간이 흐름에 따라 모습이 변화할 수밖에 없다. 그 모습을 보고 인간을 판단하기란 쉽지 않다. 인간의 본성, 그 사람의 내면에 채워진 본질을 꿰뚫어 보는 이성이 필요하다. 모습이 변화해도 절대 변하지 않는 특성은 그 사람의 내면에 남기 마련이다.

　두 철학자의 말 중 어떤 주장이 옳거나 그르다는 생각을 해보는 대신 '나는 시간의 흐름 속에서 어떤 것을 남기고 어떤 것을 버릴까?', 즉 '어떤 부분을 변화시키고 어떤 부분을 유지할까'를 생각해보게 되었다. 내면도 외면도 더 나은 사람으로 발전해 나아가는 변화는 언제나 환영이다. 물론 그러기 위해서는 끝없는 노력이 필요하겠지만, 그 노력으로 얻어지는 열매에는 상당한 가치와 기쁨이 있다. 가끔 과거에 비해 성격이나 외모, 내면 등 모든 면에서 놀라운 발전을 이룬 사람을 볼 때 감탄하게 된다. 본래 가지고 태어난 성향이나 기질 혹은 자라면서 형성된 습관들을 바꾸기란 정말 쉽지 않다. 그래서 "습관을 바꾸면 삶이 바뀐다"라고 말할 정도인데, 좋지 않은 줄 뻔히 알면서도 늘 제자리로 돌아가곤 하는 게 인간이기 때문이다. 그럼에도 노력을 통해 자신의 부족한 점을 채우고 나쁜 점을 고쳐가면서 다른 사람으로 변화해 나아가는 모습은 인간만이 할 수 있는 가장 아름다운 모습임에 분명하다. 외모 역시 마찬가지다. 1년 내내 다이어트를 하는 사람이 있는가 하면, 매일 좋은 습관의 실천으로 아름다운 외모를 유지하고 혹여 몸이 아프거나 살이 찌는 경우에도 의지를 가지고 변화시켜 나아가는 모습을 볼 때 인간의 위대함을 느낀다. 식스팩을 만들어보겠다고 몇 년 동안 헬스장에 다니면서 나 역시 그 노력이 얼마나 힘든 것인지를 절감했다.

이렇게 좋은 쪽으로 변화해가고자 하는 노력은 언제나 아름답다. 그러나 변하지 않아야 할 것도 많다. 특히 언제, 어느 자리에 있든 처음 가졌던 마음, 성실함, 겸손함 등의 미덕은 절대 잊지 말아야 할 것들이다. 흔히 "사람은 성공을 하면 바뀌더라"라고 말하기도 하는데, 힘들었던 처음 모습을 금세 잊어버리고 교만한 모습을 보이거나 도움을 준 사람을 외면하는 모습을 볼 때면 아무리 많은 것을 가졌어도 그 사람은 추하게 느껴지기 마련이다. 벼는 익을수록 고개를 숙인다는 말처럼, 인간은 높은 자리에 올라가고 더 많은 것을 가질수록 겸손의 마음을 잃지 말아야 한다. 나 역시 이 마음을 잃지 않기 위해 노력한다. 많은 게 주어진다는 것은 그만큼의 책임감을 의미하는 거라 생각하기 때문이다. 많이 알면 그만큼 경계할 게 많아지고 전보다 덜 경거망동해야 하기에 더 겸손해질 수밖에 없고, 더 많이 가지면 그만큼 더 많은 사람과 나누라는 뜻이기에 함부로 가진 것을 사용할 수 없어서 늘 조심스러워질 수밖에 없다. 성공이 오롯이 내 것이며 나 혼자 이룬 것이라는 생각. 관점이 다르겠지만, 절대 혼자서 성공할 수 없다는 것이 나의 지론이기에 나는 더 많은 것이 내게 주어질수록 감사한 마음과 동시에 겸허해지곤 한다.

무엇을 변화해야 하고, 무엇을 유지해야 할지, 그것은 오롯이 자신의 선택이다. 시간의 흐름과 세상의 이치에 따라 어쩔 수 없이 변화하는 것을 제외하고는 그렇다는 뜻이다. 적어도 나에게 주어진 것만큼은 충분히 우리 스스로 선택할 수 있다. 가끔은 변화하지 않는 것을 보고 아름답다고 하고 자연스럽거나 혹은 더 훌륭하게 변화하는 것을 보며 아름답다고 여긴다. 정답은 없겠지만, 분명한 건 우리는 언제나 더 나은 선택을 할 수 있다는 사실이다. 잠들어 있는 이성을 깨워 조금 더 깊이 공부하며 조금 더 겸손해지기만 한다면, 훨씬 더 나은 선택이 가능하다. 어떤 선택이 나은 선택인지 잘 모르겠다면 철학과 인문학의 숲에서 열심히 탐구해보길 바란다. 독서는 훌륭한 지름길이 되어준다. 우리보다 훨씬 먼저 세상을 살다 간 수많은 성인의 가르침은 분명 우리에게 좋은 선택의 길을 알려줄 것이다.

이 맥주는 얼마짜리인가?

'에피쿠로스' 하면 떠오르는 단어는 바로 '쾌락'이다. 에피쿠로스는 쾌락에는 동적 쾌락과 정적 쾌락이 있다고 했다. 동적 쾌락은 결핍이 충족될 때 우리가 느끼는 쾌락이고, 정적 쾌락은 마음에 불안이 없고 몸에 고통이 없는 평정 상태를 의미하며 이를 참된 쾌락이라 여겼다. 이 중에서도 아타락시아는 고통도 불안도 없는 영혼의 절대적 평온함을 의미하는데, 쾌락의 정점이라고 여겼다. 견유학파(소크라테스의 제자 안티스테네스가 창설한 고대 그리스 철학의 학파)는 이 중에서 정적인 쾌락은 인정하지 않고 오직 동적인 쾌락만 인정했다.

동적인 쾌락이든 정적인 쾌락이든, '쾌락'이라는 말 자체는 인간에게 즐거움을 안겨준다는 뜻인데 우리는 여기에 대해 왜 그토록 오래 사유해왔을까. 많은 철학자가 왜 인간의 쾌락에 관한 연구를 멈추지 않았을까. 그것은 쾌락 후에 따라오는 결과 때문이 아니었을까 생각해본다.

에피쿠로스는 말했다.

"우리는 한번 일어난 일은 무효화할 수 없다는 것을 인정하고 감사함을 통해 지난날의 잘못을 치유해야 한다."

이 말은 단순히 보면 현재의 삶을 제대로 살아내야 한다는 의미를 담고 있는데, 이를 쾌락과 연관 지어 조금 더 깊이 생각해볼 수도 있을 것 같다.

목이 마르면 물이 고프다. 등산하다가 너무 목이 마른데 물이 없으면 흐르는 냇물이라도 퍼다 먹고 싶은 욕구를 느낀다. 그때 지나가던 누군가가 시원한 물 한 병을 건넨다면 그보다 감사한 일이 있을까. 벌컥벌컥 물을 마시면 누가 내게 수억 원을 주어도 지금만큼 큰 만족감은 없을 것 같다는 생각까지 든다. 이게 아마 동적 쾌락일 것이다. 그러나 그 물 한 병의 가치는 어마어마한 것이기에 물을 마신 그 상태의 내 몸과 마음은 곧 정적 쾌락의 상태일지도 모르겠다.

중요한 건 어떤 쾌락이든 반드시 그 뒤에는 결과가 따라온다. 내가 목이 너무 말라 갈증을 해소하기 위해 누군가의 물을 훔친다면 어떻게 될까. 인간이 쾌락을 추구하는 것은 자연스러운 일이지만 우리는 분명 그 뒤에 따라올 결과를 생각하지 않으면 안 된다. 그래서 조금 더 가치 있는 '쾌락을 위한 선택'이라는 걸 해볼 수 있다. 도박을 끊지 못하고 결국 전 재산을 탕진한 사람의 얘기를 해보자면, 처음엔 열심히 일한 자신에게 잠깐의 쾌락을 주기 위해 시작한 도박이 결국 감당할 수 없을 정도의 위험한 쾌락이 되어 삶을 엄습해왔을 것이다. 그래서 누군가는 이렇게 말한 것이 아닐까.

"우리는 때로 쾌락이 아닌 고통을 선택해야 한다."

나도 일본 출장을 가서 종종 파친코에 들르는 일이 있는데, 그 잠깐의 시간이 얼마나 짜릿한지 누구보다 잘 안다. 돈을 잃으면 짜증이 올라오지만 돈 딸 때의 그 쾌락은 쉽게 잊기 힘든 법이다.

하지만 그 쾌락을 유지하기 위해 위험한 선택을 해서는 안 된다. 우리는 그 쾌락을 위해 너무 큰 비용을 지불할 필요는 없다. 갈증을 해소하는 데는 천 원짜리 물 한 모금이나 혹은 조금만 더 올라가면 나오는 약수터의 공짜 물 한 모금이면 충분하지 않던가. 비싼 위스키가 아니어도 우리의 육체적, 정신적 쾌락은 충분히 충족될 테니 말이다(나는 아무리 목이 말라도 위스키보다는 물이 맛있다).

한번은 한여름에 지인과 북한산을 올랐다. 산 정상에 다다른 뒤, 땀으로 범벅인 얼굴을 닦고 있는 내게 지인이 말했다.

"우리 술 한잔할까?"

나는 '이 꼭대기에 술이 어딨지?' 하고 생각하는데, 그가 가방에서 맥주 두 캔을 꺼냈다. 건네받은 캔을 따서 한 모금을 마시는데 "오, 마이 갓!" 하고 나도 모르게 탄성이 튀어나왔다. 언젠가 CF에서 보았던 "니들이 맥주 맛을 알아!" 하는 말이 튀어나올 뻔했다. 아직 살얼음이 언 맥주 한 모금이 가슴이 탁 트일 정도로 시원해서 지금껏 마신 그 어떤 술보다 큰 쾌락을 안겨주었기 때문이다.

"대박이네요, 대표님!"

아마 그토록 아껴가며 마셨던 맥주는 처음이었을 것이다. 나에게 그토록 충족감을 안겨준 그 맥주는 얼마짜리였을까. 마트에서 몇천 원이면 사는 그 맥주값을, 북한산 정상에서 제대로 매기기란 불가능했을 것이다. 그 이후로 나도 등산을 갈 때면 반드시 전날 냉장고에 맥주캔을 여러 개 넣어두었다가 정상에 가지고 올라갔다. 그리고 사람들에게 맥주를 나눠주고 살얼음이 동동 뜬 맥주를 마시며 이루 말할 수 없는 기쁨을 공유하곤 했다.

에피쿠로스가 말한 대로 쾌락에는 동적, 정적 쾌락이 있고 동시에 위험한 쾌락이 있다. 우리는 늘 우리의 행동에 책임을 지고 살아야 하는 존재다. 때때로 우리가 어떤 순간 잠깐의 쾌락보다 조금은 더 긴 고통을 선택해야 하는 이유는, 그 쾌락이

나의 삶을 어둠으로 몰고 가지 않게 하기 위해서다. 앞에서도 말했지만 쾌락은 결코 값을 매길 수 없다. 선택은 오로지 나의 몫이 아니던가. 그러니 고통을 선택하든 쾌락을 선택하든 누구도 말리지 못한다. 그러나 우리의 마음에 참된 쾌락으로 다가오는 건 대부분 비싼 값을 치르거나 엄청난 대가가 요구되는 건 아니라고 본다. 조금만 절제하고, 조금만 고통을 감내할 수 있다면. 아주 조금만 더 지혜로운 선택을 할 수만 있다면. 고통마저도 쾌락이 될 수 있는 것이 바로 우리의 삶 아닐까.

그런 의미에서 내일의 산행을 위해 얼른 가서 맥주를 얼려야겠다.

카르페 디엠!

이번에 책을 쓰면서 유독 옛날 노트들을 많이 뒤지게 되었다. 다시 한 번쯤 볼 일이 있을까 싶어 책꽂이 구석에 잘 꽂아두었던 낡은 노트 한 권을 보다가 나도 모르게 웃음이 났다. 20대 그 시절에는 고민도 슬픔도 나 자신과 타인에 대한 연민도 참으로 많았다. 하루하루 바쁘게 돌아가는 시간 속에서도 '내가 누구인지' 그리고 '어떻게 살아야 하는지'에 대한 고민은 끊이지 않았다. 그런 고민을 글로 남기고 '세실리아'라고 칭했던 기타 한 대와 함께 긴긴 고민의 밤을 지새우면서 그렇게 나는 젊은 시절을 보내왔다. 30대로 넘어오면서 너무 일상이 바빠진 나머지 시를 쓰거나 한가로이 책을 붙드는 일이 없었지만, 중년의 남자가 되면서 다시 책을 찾고 클래식에 빠지며 글을 쓰게 된 것. 그리고 결국, 철학의 길로 들어오게 된 것도 어쩌면 내 인생 전체를 볼 때 자연스러운 과정이었는지 모른다. 나는 그때도 지금도 나 자신에 대한 고민, 삶에 대한 고민을 한시도 놓지 않았으므로. 좀 유치하긴 하지만, 당시 썼던 시 한 편을 옮겨본다.

자신을 찾아서

가끔 나는 어디에 있었으며
누구이며,
합리적인가에 대해 생각할 때가 있다
다만,
나의 열심은 가식에 지나지 않으며
이러한 생각은
결국, 혼자의 힘으로 이 고통에서 벗어나고픈
그리하여 또 다른 미지의 안식처를 갖고픈
한 인간의 애절한 부르짖음일지도.

인간의 탈을 쓴 나이기에 인간답게 살려고
힘껏 노력하건만.
뜻대로 되지 않는 게 가련한 인간인 것을.
하지만 숱한 방황과 어려움 속에서

힘겨운 고난을 물리치고
오늘의 일들을 반성할 줄 알며,
진실한 사회에서 나 어디서든
타인에게 꼭 필요한 인간이 되기를.

자신을 찾아서
머-언 미래를 향하여
눈부신 태양을 바라보련다.

유독 팍팍했던 그때의 삶이기에 서툴지만 매일 밤 세실리아를 연주하고 시를 쓰며 밤을 지새운 기억이 있다. 나 자신과 삶, 그리고 우리 삶의 궁극적 목적인 '행복'에 대한 사유는 아직도 끝나지 않았다. 하지만 삶이 많은 고통으로 여겨졌던 시간은 지나온 듯하다. 그 대신, 그때 말했듯 나를 찾는 데 어두운 터널이 아닌 눈부신 태양을 바라보는 건 여전하다. 당장 다가올 나의 미래는 지금 살아내는 이 현실로 만들어질 것이므로, 나는 이 오늘에 최선을 다함으로써 가장 밝고 눈부신 내일의 행복을 만들어내리라 다짐한다. 그래서 나는 라틴어인 '카르페 디엠(Carpe diem)'이라는 말을 좋아한다. '지금 이 순간에 충실하라'는 뜻이다. 지금 이 순간이 없으면, 즉 오늘이 없으면 내일도 없다. 오늘이 있기에 과거가 있고 오늘이 모여 미래가 되는 것이다.

카르페 디엠이라는 말은 영화에서도 인용되어 크게 인기를 끌었고, 모르는 사람이 없을 정도로 우리에게 친숙하다. 하지만 어디서부터 그 말이 나왔는지를 아는 사람은 많지 않다. 이 말을 처음 쓴 사람은 소위 '쾌락주의자'라고 불리던 철학자 에피쿠로스에게 영향을 받은 로마의 시인 호라티우스다. 그는 자신의 시에서 '평상심의 도'를 강조하기 위해 이 말을 썼다고 한다.

한때 《에피쿠로스의 정원》이라는 책을 심취해서 보았다. 에피쿠로스는 아테네 도시 외곽 정원에 학교를 설립하고 거기에서 제자들을 가르쳤다. 에피쿠로스학파를 '정원학파'라고 부르는 것도 이 때문이다. 우리는 에피쿠로스 하면 바로 '쾌락'이라는 단어를 떠올린다. 에피쿠로스는 이성보다는 감각적 경험을 중시했고, 정신적 쾌락과 지속적인 마음의 평안을 추구했다. 즐거운 일을 하면서 행복하지 않은 사람이 있을까? 따라서 에피쿠로스는 인생을 즐겁게 살라, 자신이 원하는 것을 추구하며 살라, 쾌락을 추구하며 살라고 했다. 그러나 그가 말하는 '쾌락'을 단순히 우리가 욕망하는 모든 것을 추구하는 쾌락이라 생각하면 금물이다. 그가 말하는 쾌락은 우리가 닿을 수 없는, 절대 채워질 수 없는 욕망의 추구를 의미하지도 않으며, 물질적인 쾌락을 의미하는 것도 아니기 때문이다.

앞에서도 한 번 이야기했던 것처럼 에피쿠로스가 추구하는 궁극적 행복은 '아타락시아'라는 하나의 단어로 이야기된다. 아타락시아는 평정심의 행복 상태를 말한다. 지속적이고 정신적이고 정적인 행복. 인간의 끝없는 욕망을 채우기 위한 시도보다는 내가 가진 것에, 지금 이 순간에 행복할 것. 인간의 물질적 쾌락은 추구할수록 얻기가 힘든 것이라고 말이다. 쾌락을 추구하라고 말해놓고 쾌락은 추구할수록 불안하고 공허해지는 것이라니, 이 얼마나 아이러니한가. 그러나 그의 생각은 이 문장으로 정리될 수 있을 것이다.

'당신이 가지고 있지 않은 것을 원함으로써 당신이 가지고 있는 것을 망치지 말라. 당신이 지금 가지고 있는 것은 당신이 한때는 그것만 있으면 행복할 것 같다고 생각했던 것들에 속한다.'

참으로 명쾌한 말이다. 그리고 이 글을 읽고 있는 누군가도, 또한 나 자신도 이 말의 의미를 정확히 알 수 있다. 우리는 모두 이런 경험을 하며 살아가기 때문이다. 이것만 하면, 이것만 갖게 된다면, 이것만 살 수 있다면, 이것만 넘어선다면 행복이 곧 내 손에 잡히리라고 생각했던 그 순간은 그리 오래 우리의 삶에 머물지 않는다. 그 순간은 금방 사라져버리고 또 다른 욕망과 욕심이 나를 감싼다. 다시 넘어야 할 산과 갖고 싶은 대상과 채우고 싶은 욕망이 가슴에 차오르기 시작한다. 아마 인간이 평생 이 욕망을 따라 살아야 한다면 얼마나 지옥 같은 삶이 될까. 결코 그 모든 걸 채울 수 없을 것이니 말이다. 그러니 허황한 욕심을 버리고 불안도 없고 고통도 없는 상태, 아타락시아를 추구한 에피쿠로스의 생각은 충분히 납득된다.

나는 하루하루를 매우 계획적으로 살고, 내가 원하는 게 무엇인지 늘 내면을 들여다보며 사는 사람이다. 틈을 주기보다는 그 틈을 잘 채워서 내가 원하는 것을 좀 더 빨리 정확히 가지려고 노력하기도 한다. 적당한 개인의 욕구와 또한 적당한 타인의 행복을 함께 추구하면서 살아가기 위해 노력하기도 한다. 그러나 이 모든 삶의 끝이 꼭 거대한 부를 누리거나 높은 사회적 지위를 추구한다거나 내 버킷리스트의 모든 것을 이뤄내기 위함은 아니다. 궁극적으로 내 마지막 삶은 나와 더불어 사랑하는 사람들과 행복하게 지내는 것이다. 그래서 늘 지나치지 않은 열심과 어디에도 기울어지지 않는 평정심을 유지하기 위해 애쓴다. 그게 쉽지는 않지만…….

언젠가 〈나는 자연인이다〉라는 TV 프로그램을 유심히 본 적이 있다. 보통 오랜 기간 도시생활을 하다가 산이나 바다 등의 자연으로 돌아오는 사람은 자본주의에 실패한 사람이거나 건강 회복을 위해서이거나 속세의 삶에 염증을 느낀 경우가 많다. 그러나 나는 그 프로그램을 보며 이런 이유가 아닌 에피쿠로스의 정원으로서 자연 속에 내 정원을 가꾸고 싶단 생각을 했다. 자연은 정직하고 거짓말을 하지 않는다. 자연은 인간이 주는 것보다 더 많은 걸 인간에게 돌려준다. 자연과 함께하면서 비우는 것을 배우고, 비우고 잊어버림으로써 평정심을 가지는 법을 배운다. 어떠한 바람도 없이 비우고 버리다 보면 생각조차 비워질 것이다. 그날 프로그램에서 본 사람은 25세에 혼자 자연으로 들어가 28년을 산 사람인데, 자신의 삶에 만족하며 자연이 주는 이로움을 마음껏 누리고 또 배운다고 했다.

나는 '혼자'는 싫기 때문에 정원의 문을 활짝 열어둔 자연의 삶을 내 삶의 마지막 모습으로 그려본다. 누가 오든 내가 가꾼 철학의 정원에서 함께 사색하고 소박한 차를 나누며 나무가 주는 공기 속에 호흡하고 싶다. 유유자적이라는 말도 이때 어울릴 것이다. 그때는 많은 돈도, 바쁜 스케줄표도 필요 없이 그저 매일 눈뜨면 자연이 주는 아름다움에 감사하고, 나와 함께 해주는 사람을 사랑하며, 조금은 느리게 흐르는 시간 속에 살아가게 될 것이다. 때때로 자연만이 오롯이 나의 벗이 되어주어도 좋다. 내가 밟는 흙과 공기, 졸졸 흐르는 물소리마저 경이로움의 대상이 될 것이다. 아무것도 소유하지 않은 채 한때 열심히 살았던 모든 것을 세상과 나누고, 그저 깨끗한 운동화 한 켤레와 포근한 이부자리 하나만 있어도 행복한, 오직 마음으로 지속적이고 정적인 평안함이 있다면 그것으로 충분한 그런 상태. 아타락시아의 삶은 자연 속에서 더욱 빛날 것이다.

그런 날이 언제 올지, 오긴 할지 장담할 수 없지만 이는 어쩌면 내가 가진 가장 화려한 꿈일지 모른다. 그러나 카르페 디엠! 오늘에 충실하면서 나는 이 꿈을 오늘의 소망 속에 담아본다.

LIVE AN INTELLECTUAL LIFE

나는 나를 파괴할 권리가 있다

'똥 묻은 개가 겨 묻은 개 나무란다.'

이 속담을 짧게 축약하면 '너나 잘해' 정도가 될 것이다. 그리고 이 말이 주는 교훈을 좀 더 정확히 바꾸어 말하면 '나부터 잘하자'가 될 것이다. '나부터 잘하자'라니, 이 얼마나 어려운 말인가. 우리는 쉽게 이 속담을 인용하지만, 사실 인간이 살며 가장 하기 힘든 것이 바로 '나 자신을 먼저 보는 일'이다. 어떤 일이 벌어지면 우리는 일단 다른 사람을 먼저 보고, 판단하며, 비난하거나 평가하기 십상이기 때문이다. 생각해보면 살면서 가장 쉽게 하는 일이 바로 남을 비판하는 것이고, 가장 어려운 일이 나 자신을 똑바로 바라보는 것 아니던가. 세상에 바꿀 수 있는 건 나 자신뿐인데, 이 얼마나 아이러니한 일인가. 나의 실체를 매일 들여다보는 사람은 결코 쉽게 남을 판단할 수 없을 것이다.

이 글의 영감은 토요일 독서 모임에서 진행한 이창준 저자의 《미닝 메이커》 도서 특강을 듣고 얻었다. 몇 년 사이 '메타 인지' 붐이 일어 서점가 여기저기서 비슷한 책도 많이 보고, 매체들을 통해 많이 접했다. 하지만 우리 삶 속에 이것이 잘 적용되고 있는지는 의문이다. 세상에는 이기심이 불러온 사건 사고가 비일비재하고 나 자신을 비롯해 주변을 둘러보아도 여전히 우리는 '남 탓'을 하거나 나 자신보다는 타인의 변화만을 요구하는 모습이 흔하기 때문이다. 그런 중에 이 강의를 듣고 나니 잠들어 있던 영혼이 깨어난 듯 다시 한번 소중한 기회를 갖게 됐다. 나를 돌아보고 자문하는 시간을 말이다.

《미닝 메이커》는 '메타 역량'이라는 것을 강조한다. 우리는 얼마나 복잡하고 혼란스러운 시기를 살고 있는가. 이러한 아포리아 시대, 즉 어떤 것도 속 시원하게 해결할 수 없는 사막의 시대에서 나는 누구이며 왜 살고 있는지를 생각하고 또 생각해야 한다는 것이 이 책의 핵심이다. 특히, 조직이나 팀을 이끌어야 하는 리더들은 이러한 세상 속에서 자신의 역량을 발휘하기 위해 노력하지만, 사실 이는 그리 녹록지 않다. 이때 리더가 해야 할 것은 바로 자신을 들여다보는 일이다. '나는 누구인가?', '나는 어떤 리더인가?', '나는 왜 이 일을 하는가?', '나는

제대로 된 선택을 하고 있는가?', '나는 어떻게 성장할 것인가?'
등등……. 이러한 고민과 자숙, 끝없는 성찰과 반복되는 자기
반성은 리더를 성숙하게 만들고 조직을 성공으로 이끈다. 우리
는 수많은 사례를 통해 단순히 기술력을 가진 회사가 아니라
그 회사의 비전과 가치, 철학이 잘 공유된 기업만이 일류가 될
수 있다는 것을 보아왔다. 그러한 회사의 리더는 다른 누구도
아닌 자신을 들여다보는 작업을 통해 성숙한 리더의 모습을
보여주었다.

　나 역시 한 회사의 리더이지만, 그전에 먼저 나는 내 삶의 리
더임을 생각하게 된다. 한 사람이 자신의 팀이나 조직을 잘 경
영하여 얻는 것이 부와 성공이라면, 자신의 삶을 잘 경영하여
얻는 것은 바로 '행복'이다. 인간이 살아가는 궁극적 목표가 행
복이라면, 우리는 명심해야 한다. '내 삶을 어떻게 경영할 것인
가' 하는 것이 가장 중요하다는 사실을 말이다. 각자의 삶을 경
영해야 하는 우리는 그래서 리더로 살아갈 수밖에 없다. 대체
로 100년도 채 못 사는 인생이지만 이 안에서 일어나는 수많
은 아포리아 속에서 우리는 어떤 선택을 하고, 어떻게 어려운
상황을 극복하며 살 것인가? 결국 거기에 대한 답은 바로 자신
을 객관화하고 끝없이 들여다보고 자문하는 것이다. 이에 대
해 니체는 '나 자신을 파괴할 수 있는 건 오직 나 자신뿐'이라

고 말한다. 즉, 나를 대상화하고 마치 나를 타인처럼 바라보고 객관화할 수 있는 사람은 다른 누구도 아닌 나 자신만이 가능하다는 것이다. 그러나 나를 객관화한다는 것은 왜 이리 힘든 걸까.

남의 얼굴을 거울에 비춰보기는 어렵지만 내 얼굴을 거울에 비춰보기는 쉬운데. 그러나 안타깝게도 내 눈에 비치는 다른 사람의 모습이 내 얼굴보다 먼저 들어온다는 것. 언제나 그것이 함정이다. 나를 객관화하기도 전에 다른 사람을 먼저 바라보고 객관화해버리는 것이 인간의 고약한 습성이다. 그러니 자기중심적 욕구에 집중하고, 마치 자신은 완벽하다는 듯 남을 날카로운 칼로 베어내고 정의하기 십상이다. '자기 합리화'라는 말이 있지 않던가. 내가 잘못한 건 어떤 관점에서든 정당한 것으로 만들어버리고, 타인이 잘못한 건 곧바로 문제시하는 것. 달리는 말 위에 타고 있는 등에가 마치 자신이 달리고 있는 것으로 착각하는 것처럼 우리는 자신을 대상화하지 못하고 마치 앞이 보이지 않는 사람처럼 나 자신을 바라보지 못하는 일이 참으로 많은 듯하다.

우리는 누구나 행복한 인생을 살고 싶어 하고, 되도록 타인으로부터 존경과 사랑을 받는 멋진 사람이 되고 싶어 한다. 부와 명예를 함께 가진다면 더욱 좋을 것이다. 그러나 이 모든 것을 이루기 위해 지금 '나'에게 필요한 건 바로 나 자신을 날카롭게 들여다볼 줄 아는 용기다. 니체가 '나를 파괴한다'라고 했던 것은 바로 나 자신을 대상화하여 낱낱이 분석하고, 반성하며, 다음 단계로 나아갈 용기를 자신에게 부여하는 걸 의미했을 것이다. 타인은 나를 판단할 수는 있지만 나를 파괴할 수는 없다. 나 자신을 파괴할 권리는 오직 나 자신에게만 있다. 그러나 우리는 대부분 반대로 살아간다. 자신을 어줍잖게 보호하다 타인이 던지는 몇 마디 말에 상처받고 허우적대며 자존감은 바닥을 친다. 자신을 냉철하게 보아야 할 때 스스로 합리화하고 방어하기에 바쁘다. 그리고 타인에게도 똑같이 쉽게 상처를 주고 판단하고 정죄한다. 타인이 마구 나를 파괴하고, 내가 타인을 마구 파괴하는 삶을 살아가는 것이다.

그러나 타인은 나를 파괴할 수 없다. 니체가 말했듯 우리는 나를 파괴할 수 없는 모든 것으로 말미암아 더욱 강해질 뿐이다. 나는 나 자신을 보호하고 사랑하며 동시에 끝없는 자기 파괴를 통해 더 성장하고 나은 사람으로 거듭나야 한다. 그리고 기억해야 한다, 나 역시 타인을 파괴할 수 없다는 것을. 우리가 할 수 있는 것은 서로를 강하게 만드는 일이며, 나 자신을 성장시키는 것이다. 오늘 하루는 어떻게 살았는가? 나는 제대로 살고 있는가? 나는 이제 어떻게 살아갈 것인가? 나는 오늘 무엇을 배웠으며, 어떤 부분을 변화할 것인가? 끝없이 질문하라. 그리고 하루하루 앞으로 나아가라. 나를 파괴하고 다시 나아갈 권리, 그것은 모든 인간에게 공평하게 주어진 선물임을 잊지 말아야 한다.

삶의
지혜

니체의 말처럼 사람에게는 누구나 그 안에 숨겨진 정원과 식물이 있다. 나는 늘 이야기한다. 인간의 삶은 '하루'라는 드라마 속에 열심히 꽃을 피우는 과정이라고. 그래서 완벽하지 못했던 어제를 사랑하며 더 나은 미래의 내 모습을 위해 열심히 나아가는 거라고. 그 꽃이 언제 필지는 알수 없지만, 언젠가 반드시 꽃을 피우리라는 간절함이 내 안에 있다면, 그 시간은 곧 내 앞에 펼쳐질 것이다. 그러니 조급해하지 말자. 꽃이 언제 필지는 아무도 모른다. 심지어 신조차도.

꽃이 언제 필지는
신도 모른다

《부의 품격》을 읽고 책을 쓰고 싶은 마음이 생겼다며 40대 남성이 나를 찾아왔다. 결과와 상관없이 상담은 언제나 환영이다. 나의 작은 재능이 누군가에게 큰 도움이 된다는 건 얼마나 가슴 설레는 일인가. 더욱이 누군가의 꿈을 이루는 데 보탬이 된다면 말이다. 더불어 내가 사람을 좋아하는 이유는, 사람은 결국 사람을 통해 많은 것을 배우기 때문이다. 상대는 내게 도움이 필요해서 날 찾아왔겠지만, 나는 세 시간도 채 안 되는 짧은 시간 동안 그의 삶을 듣고 배운다. 종종 나를 힘들게 하는 사람도 있지만, 그런 이에게도 배울 점이 있다.

이번에 나를 찾아온 분은 평소에 독서를 많이 하는 다독가였다. 이 책의 어느 페이지에 기록했듯 '작가란 곧 독서가'라는 생각은 늘 가지고 있다. 하지만 독서를 많이 했다고 해서 무조건 작가가 될 수 있는 건 아니다. 책 두 권을 쓰고 보니 그 과정이 얼마나 어려운지 누구보다 잘 알게 되었다. 독서량에는 자부심이 있지만, 아직도 집필에 대해선 늘 부끄러움을 느낀다. 그분과 한참 이야기를 나누다 보니 역시 독서량이 많아 대화 시간이 즐거웠다. 하지만 안타깝게도 나의 대답은 "아직 책 쓸 준비가 되지 않으신 듯합니다. 곧바로 수강은 어려울 것 같습니다"였다. 그러자 그분은 "아니, 왜죠? 다른 곳에서 상담한 적이 있는데, 거기선 수업만 받으면 무조건 책이 나온다고 하던데요? 아닌가요?"라고 당황스러운 기색을 보였다. 하지만 그분이 얼마나 책을 쓰고 싶어 하는지 그 마음이 잘 전달되었기에 최대한 마음이 상하지 않도록 차근차근 이유를 설명했다.

"책은 세상에 나오는 게 중요한 게 아니라 '어떻게 나오느냐'가 훨씬 중요합니다. 그런데 선생님께서 여태껏 단 한 번도 자신의 생각을 글로 옮겨본 적이 없다고 하신 게 우려됩니다. 아파트를 완공하는 데도 최소 이 년 이상의 시간이 걸리잖아요. 게다가 견고한 집을 짓기 위해선 토대부터 잘 다져야 하고요. 아무리 빨리 아파트를 짓고 싶다고 해도 그 모든 과정을 육 개월 만에 완성한다면, 과연 어떤 집이 완성되겠습니까? 누구나 첫 책은 많은 후회가 남기 마련이지만, 그래도 독자에게 떳떳하고 나 자신 또한 흡족할 만큼 좋은 책을 쓰시려면 충분한 시간과 공을 들여야 합니다."

사실, 이런 경우는 처음이 아니었다. 몇 달 만에 책이 뚝딱뚝딱 만들어질 거라 생각하고 왔다가 내 말에 실망해서 돌아가는 경우 말이다. 하지만 그들을 돌려보내는 내 마음은 그들의 꿈이 이루어지길 간절히 바라는 진심에서 기인한다. 책을 내는 이유야 사람마다 다르겠지만, 책은 '나'라는 브랜드 가치를 상승시키기 위한 훌륭한 수단이다. 그런데 자신을 알리려고 낸 책이 오히려 자신의 가치를 떨어뜨린다면 어떨까. 그때는 누구를 원망해도 소용없다. 사람들은 이미 인쇄되어 나온 나의 글을 보고, 나를 판단하고 있을 테니 말이다.

나는 그분에게 글쓰기 전문가를 연결했고, 글쓰기에 도움 되는 책도 한 권 선물했다. 처음에는 무척 낙심한 얼굴을 하고 있더니 이내 밝은 얼굴로 돌아갔고, 잠시 후 카톡이 날아왔다.
'잠깐이지만 진심으로 도와주시려는 모습에 따뜻함을 느끼고 갑니다.'
카톡을 보자 사무실을 나서며 "다음에 준비가 되면 꼭 받아주셔야 해요" 하고 웃던 그분의 얼굴이 다시 떠올라 가슴이 뭉클했다.
꿈을 향한 누군가의 열정, 그리고 그 목표지점을 향해 차근차근 성장해가는 모습을 볼 때면 어느 때보다 가슴 뭉클함을 느낀다. 그 걸음이 더디거나 넘어지고 주춤하는 사람을 보며

"꿈을 이룰 수 없다", "역부족이다", "불가능이다"라고 말하는 사람도 있겠지만, 사람마다 성장하는 시기가 다를뿐더러 그 과정도 다르지 않겠는가. 그래서 니체도 이렇게 말하지 않았던가. "우리는 모두 우리 안에 숨겨진 정원과 식물을 갖고 있다. 달리 비유하면 우리 모두는 언젠가 분출하게 될 활화산이다. 그러나 이것이 얼마나 가까운 시간에 혹은 먼 훗날에 이루어질지는 아무도 모른다. 심지어 '신'조차도."

문제라면 꿈이 없는 것이지, 꿈을 향해 가는 그 사람의 여정이 문제가 되는 건 아니다. 니체의 말처럼 사람에게는 누구나 그 안에 숨겨진 정원과 식물이 있다. 나는 늘 이야기한다. 인간의 삶은 '하루'라는 드라마 속에 열심히 꽃을 피우는 과정이라고. 그래서 완벽하지 못했던 어제를 사랑하며 더 나은 미래의 내 모습을 위해 열심히 나아가는 거라고. 그 꽃이 언제 필지는 알 수 없지만, 언젠가 반드시 꽃을 피우리라는 간절함이 내 안에 있다면, 그 시간은 곧 내 앞에 펼쳐질 것이다. 그러니 조급해하지 말자. 꽃이 언제 필지는 아무도 모른다. 심지어 신조차도.

꿀벌을 쫓아 꽃밭을 거닐
운명은 누가 만드는가?

1년 중 많은 시간을 해외에서 보내는 나에게
많은 사람이 묻는다. "여행을 좋아하는 특별한 이유가 있으세
요?"라고. 거기에 대해 대답할 거리는 다양하다. 여행은 내게
평소보다 훨씬 여유로운 독서의 시간을 선물해주고, 한국에서
라면 해보지 못했을 새로운 일들을 경험하게 해준다. 한 번도
먹어보지 못한 음식, 놀라운 풍광과 독특한 문화, 그리고 다양
한 언어와 삶의 방식들을 보는 것도 여행의 큰 기쁨이다. 그중
가장 큰 이유 하나를 꼽으라면 나는 주저 없이 대답할 것이다.
바로 "새로운 사람과의 만남을 통해 배움을 얻는 것"이라고 말
이다. 무척 뻔한 이야기일지 모르지만, 실제로 나는 여행을 통
해 새로운 사람들을 만나고 그들로부터 귀한 영감을 얻곤 한
다. 사람에 대한 호기심이 많고 친화력이 좋은 성격 덕이기도

할 것이다. 여행을 즐겼던 헤르만 헤세도 낯선 여행지에서 낯선 사람들과 춤을 추고 이야기를 나누며 주옥같은 글들의 소재와 영감을 얻지 않았던가. 역시 여행은 만남이다. 그게 가장 큰 묘미다.

언젠가 5박 7일 일정으로 뉴질랜드에 다녀온 적이 있다. 특별한 이슈 없이 보내고 온 시간이었지만 시간이 흐를수록 자주 생각날 만큼 그 잔잔한 추억들이 오랜 여운으로 남았다. 가끔 그때의 이야기를 할 때면 '내 인생의 나침반이 되어준 여행'이라는 수식어를 붙이기도 할 정도다. 그때의 기억이 오래도록 남은 건 특별한 만남 때문이다. 유독 친절하고 삶의 경험이 많은 현지 가이드를 만났는데 여행하는 내내 그 덕분에 뉴질랜드에서의 추억이 아름답게 남았다. 책 등을 통해 단편적인 정보만 주워듣고 여행에 나선 나에게 어찌나 조곤조곤 재미있게 이야기를 들려주던지! 현지의 문화와 사람, 그리고 20년 동안 그곳에 이민자로 살며 경험한 많은 이야기는 나를 금세 다른 세계로 초대했고 또 익숙하게 해주었다.

그 역시 인생에서 나만큼이나 '만남'에 대한 중요성을 많이 경험한 사람이었다. 이야기 도중 그는 내게 "해외로 이민을 간 사람의 삶을 누가 결정하는지 아세요?"라고 물었다. 내가 "글쎄요"라고 하자 "바로 공항에서 내 가방을 들어준 사람입니다"

라고 대답했다. 즉, 이민을 도와주는 사람이 페인트칠하는 사람이면 나도 페인트칠을 하게 되고, 양털 깎기를 하는 사람이면 틀림없이 양털을 깎으며 살게 된다는 것이다. 그 이야기를 듣고 있자니 오래전 책에서 본 유명한 일화 하나가 떠올랐다. 아시아 최고 갑부이자 홍콩 재벌인 이가성 회장의 이야기다.

　이가성 회장은 30년 동안 자신의 차를 몰아준 운전사를 치하하고자 퇴직할 때 200만 위안(약 3억 6천만 원)의 수표를 건넸다고 한다. 그러자 운전사가 극구 "필요 없다"라며 그 큰돈을 사양했다는 것이다. 그러면서 하는 말이 "저도 회장님 덕에 이천만 위안(약 36억 원) 정도는 모아놓았습니다"라고 하는 게 아닌가. 그 말을 듣고 놀란 회장이 "아니, 월급이 오륙천 위안(약 100만 원) 정도일 텐데 어떻게 그런 거액의 돈을 모을 수 있지?"라고 묻자 운전사는 "회장님께서 제 뒷자리에서 전화하시는 걸 듣고, 회장님이 땅 사실 때 저도 조금씩 사고, 주식 살 때 저도 조금씩 샀더니 어느새 그렇게 되었습니다"라고 대답했다는 것이다. 참으로 만남이란 한 사람의 운명을 좌우하기에 충분하다. 그래서 만남은 곧 삶의 지표가 되는 나침반과 같으며, 인생의 행복과 불행을 결정짓는 중요한 이정표가 되기도 한다.

　어떤 만남은 이가성 회장과 운전사처럼 누군가에겐 이익을 안겨주기도 하고, 헤르만 헤세와 새 여행지의 벗처럼 영감을 안겨주기도 하고, 나와 현지 가이드처럼 귀중한 삶의 교훈을 깨우쳐주기도 한다. 또 소크라테스와 그의 아내처럼 자극과 인내를 배우게 하기도 한다(소크라테스의 아내는 서양의 역사에서 악처 중 악처로 유명하지만, 소크라테스는 자신이 아내를 잘 참고 견딤으로써 다른 모든 사람과 잘 지낼 수 있다고 말하기도 했다). 또 스무 살이나 차이가 나지만 당대 최고의 명성을 누리던 두 사람의 만남, 즉 괴테와 나폴레옹처럼 서로에게 잊지 못할 영광과 추억, 인상을 남기기도 한다. 시대를 떠들썩하게 했던 두 사람의 짧은 만남이 서로의 인생이 얼마나 큰 영향을 미쳤을지(생각과 감성, 그리고 삶의 다양한 부분에서)는 감히 상상조차 되지 않는다.

만남이 중요하다는 것은 '좋은 만남'이 얼마나 중요한가를 이야기해주기도 하지만, 뒤집어 말하면 '나쁜 만남'이란 얼마나 무서운가를 깨우쳐주기도 한다. 철학자이자 문학가인 헨리 소로도 이렇게 말했다.

"나는 나보다 더 형편없는 인간을 알지 못하고 알아서도 안 된다."

많은 명사와 철학자가 만남의 중요함을 강조하는 이유는 바로 '좋은 만남'이 그만큼 쉽지 않아서일 것이다. 우리는 다른 무엇보다도 가장 자주 나 자신에게 질문해야 한다. '나는 지금 어떤 사람과 마주하고 있는가?'라고. 파리정치대학에서 철학을 가르치고 있는 샤를 페펭이 쓴 《만남이라는 모험》에 보면 이런 말이 나온다.

'한 사람이 다른 누군가를 만나는 일은 두 사람의 세계를 전복시키고 두 사람의 마음을 뒤흔드는 하나의 사건이라고 할 수 있다. 바로 그때 낯선 무엇인가가 생겨나는데, 그것은 우리가 선택하지 않았음에도 불구하고 우리를 기습적으로 사로잡는다. 그것이 바로 하나의 만남이 가져다주는 충격이다.'

요컨대 만남은 내 삶을 크게 바꾸는 인생 사건이다. 반드시 어떠한 영향을 미쳐 새로운 방향으로 나를 이끌어간다. 그렇기에 만남이란 바로 운명 같은 것이다. 샤를 페펭은 '나는 나 자신과 만나기 위해 타인을 필요로 하고 타인과의 만남을 필요로 한다'라고도 했는데, 혼자 살아갈 수 없는 세상에서 타인과의 만남은 곧 내 삶의 운명을 만들어가는 과정과도 같기에 그리 말한 것이리라.

지금 잠시 나의 주변을 짚어본다. 그중에는 내가 원하지 않은 만남도 있고, 내가 간절히 원한 만남도 있다. 그러나 이 순간 다시 한번 깨닫게 된다. 대부분의 만남이 나를 이끌어가고 내 삶을 만들어가지만, 결국 그것을 선택하는 건 나의 몫이라고. 파리와 만나 그것을 쫓으면 평생 더러운 곳만 다니겠지만, 꿀벌을 만나 그걸 쫓으면 영원히 함께 꽃밭을 거닐게 될 것이 아닌가. 정말이지 파리는 내 취향이 아니지만, 나도 모르는 사이 그러한 만남에 이끌려가지 않기를 바란다. 그래서 나는 오늘도 책을 편다. 수많은 지식인의 지혜와 경험은 내게 올바른 선택의 길을 안내해주기에. 그리고 나 역시 누군가에게 파리가 아닌 꿀벌이 되기를 바란다. 그리하여 나와 함께하는 사람들과 오래도록 아름다운 꽃길을 거닐게 되기를.

지금 이 순간의 나와
바꿀 수 있는 게 있을까?

몇 년 전 한 드라마가 대한민국의 많은 국민에게 감동을 주고, 안방을 눈물바다로 만들었다. 바로 김혜자 배우가 열연한 〈눈이 부시게〉라는 드라마다. 이 작품은 치매에 걸린 김혜자라는 배우가 25년 전의 기억으로 돌아가 과거에 보냈던 시간을 되짚으며 보여주는 휴먼 드라마다. 김혜자 배우의 젊은 역할을 한지민 배우가 맡았는데, 두 사람이 어찌나 연기를 잘하는지 보는 내내 웃다 울다 했던 기억이 난다.

무엇보다 이 드라마에서 가장 기억에 남는 것은, 김혜자 배우의 낭랑한 목소리로 들려주었던 '등가교환의 법칙'에 대한 말이다. 등가교환의 법칙이란 말 그대로 같은 가치를 지닌 화폐나 상품을 교환할 수 있다는 것을 의미한다. 이에 대해서 김혜자 배우가 이렇게 말한다.

"등가교환의 법칙이라는 게 있어. 이 세상은 등가교환의 법칙에 의해서 돌아가. 등가교환의 법칙이 무슨 말이냐 하면 물건의 가치만큼 돈을 지불하고 물건을 사는 것처럼 우리가 뭔가 갖고 싶으면 그 가치만큼의 뭔가를 희생해야 된다는 거야. 당장 내일부터 나랑 삶을 바꾸어 살 사람? 내가 너희들처럼 취직도 안 되고 빚은 산더미고 여친도 안 생기고 인생에 답도 없고 출구도 안 보이는 너희들 인생을 살 테니까 너네는 나처럼 편안히 주는 밥 먹고 지하철역에서 자리 양보받고 하루 종일 자도 누가 뭐라고 안 하는 내 삶을 살아, 어때? 상상만 해도 소름 끼치지 않아? 본능적으로 이게 손해라는 게 딱 오지? 열심히 살든, 너네처럼 살든, 태어나면 누구에게나 기본 옵션으로 주어지는 젊음이라 별거 아니라고 생각하겠지만 나를 보면 알잖아. 너희들이 가진 게 얼마나 대단한 건지, 당연한 것들이 얼마나 엄청난 건지…… 이것만 기억해냐. 등가교환! 거저 주어지는 것은 없어."

다시 보아도 참 감동적인 말이다. 과연 지금 이 순간의 나와 바꿀 수 있는 게 있을까. 대개 우리가 '불행하다'라고 느끼는 것은 지금의 나와 다른 사람을 비교하기 때문인 경우가 많다.

'저 사람은 분명 나보다 부자일 거야. 돈 걱정하지 않고 살겠지.'

'저 사람은 나보다 외모가 뛰어나네. 난 이렇게 자신이 없는데.'

'저 사람은 능력이 좋구나. 난 너무 절망적이야.'

하지만 정작 그 사람의 삶과 내 삶을 등가교환의 법칙처럼 맞바꾼다면 과연 나는 행복해질 수 있을까? 전보다 훨씬 나은 삶을 살 수 있을까? 글쎄. 나 역시 때때로 힘든 일이 닥칠 때는 주변의 다른 사람의 삶을 바라보며 그 삶이 더 나아 보인다는 생각을 한 적도 있다(워낙 긍정적이어서 자주 그러지는 않지만, 그래도 각박한 현실 속에서 남의 떡이 더 커 보인다는 말은 현실이 될 때가 많다). 하지만 정말 누군가 내게 "너와 나의 삶을 지금 당장 바꾸자"라고 한다면, 나는 순간 망설였을 것이다. 그러다 이내 "아니요. 괜찮습니다"라고 말하지 않았을까 싶다.

과거 세계에서 가장 행복지수가 높다고 여겨졌던 '부탄'이라는 나라에 대해 들어보았을 것이다. 〈방가? 방가!〉라는 영화에서 다뤄져 화제가 된 적도 있다(취업이 잘되지 않는 한국 청년이 오히려 부탄 사람 흉내를 내며 외국인 신분으로 취업해서 살아가는 가슴 짠하지만 재미있는 작품). 하지만 몇 년 전 '부탄'이라는 나라의 행복지수가 95위로 떨어졌다는 보도를 보았다. 대체 어떻게 된 것일까? 외부 문명을 받아들이지 않고 살던 부탄은 어느 순간 갑작스럽게 외부 문명을 받아들이고 수많은 정보를 공유하게 되면서, 다른 나라 사람들이 어떻게 살고 있는지를 깨닫게 되었다. 그러면서 '나는 왜 이렇게 살지? 우리나라는 왜 이렇게 못 살지?' 하며 자신과 남을 비교하게 된 것이다. 남과 나를 비교하는 순간 행복지수가 급격히 낮아지고 가장 행복하던 국민이 가장 불행한 국민으로 전락하고 말았다.

과연 행복이란 무엇일까? 아니, 확실한 것은 행복이 무엇이라 완벽하게 정의 내릴 수는 없어도 불행이 무엇인지는 정의할 수 있다는 사실이다. 바로 있는 그대로의 나를 사랑하지 못하고 현재 내 삶에 만족하지 못하는 것. 그런 사람치고 불행하지 않은 이는 없다.

나는 자주 거울을 본다. 화장실에서도 손을 씻고 나면 꼭 거울을 쳐다보며 '음, 이 정도면 멋진데?' 하고 싱긋이 웃어본다. 강의하고 나올 때면 '오! 오늘도 참 잘했어. 멋졌어. 너 정말 최고야' 하고 나를 칭찬한다. 이런 나를 보며 "저 사람 자뻑 참 심하네"라고 말하는 사람도 있을 것이다. 그러나 행복은 어느 정도의 지성과 또 어느 정도의 무지로부터 나온다고 했다. 여기서의 지성은 끝없이 배움을 추구하는 마음일 것이며, 무지는 내가 가진 상황과 배경 속에서 끝없이 문제와 불만족의 원인을 찾으려 하지 않는, 있는 그대로를 인정하고 받아들이는 순수한 마음을 의미할 것이다.

미국의 심리학자인 셀리 테일러와 조너선 브라운은 행복지수가 높은 사람의 특징을 살펴보면, 그렇지 않은 사람에 비해 항상 자신의 능력을 높게, 긍정적으로 평가한다고 한다. 반면, 스스로 우울감을 자주 느끼는 사람은 자기 자신을 냉철하고 엄격하게 평가하는 경향이 있다고 한다. 물론 과대평가로 말미암은 자만심은 금물이지만, 자신이 가진 것에 대해 감사하고 충분히 스스로를 칭찬해줄 여유로운 마음은 행복을 위한 필수 조건이다. 또한 에피쿠로스가 말했듯 현실적인 기대 역시 필수다. 넘을 수 없는 꿈을 설정하고 거기에 다다를 수 없는 나를 날마다 채찍질하는 것은 나를 향한 폭력과 같다. 그것은 어쩌면 영원히 나 자신을 사랑할 수 없는 길인지도 모른다. 그 대신 높은 꿈과 이상을 갖되 그것이 늘 땅을 밟고 서서 현실 속에서 조금씩 추구하고 채워나갈 수 있어야 한다. 그럴 때 나의 삶은 날마다 성장하고 채워지는 풍성하고 행복한 삶이 될 수 있다.

지금 조금 힘들더라도, 지금 어떤 문제 앞에 놓여 있더라도 그 모든 건 지나가고 다시 눈부시게 빛날 날은 올 것이다. 아무리 나 자신이 마음에 안 드는 때가 있더라도 꼭 기억하길. 이 세상에 '나' 그리고 '나의 삶'과 등가교환할 수 있는 건 어떤 것도 없다는 걸 말이다.

걷기는 곧 숨쉬기다

크든 작든 회사를 운영하다 보면 많은 고민거리가 생기기 마련이다. 사람과 사람이 부딪치며 하는 모든 일에선 갈등이 생긴다. 우리는 누구나 그 갈등에서 놓여나길 원한다. 고민하지 않아도, 시간이 흐르면 그 갈등이 해결되어 있길 바란다. 그러나 그런 일은 좀처럼 일어나지 않는다. 그래서 갈등을 얼마나 잘 해결하느냐, 머리가 복잡하고 마음이 어지러울 때 이를 잘 극복하는 자신만의 방법을 얼마나 잘 만들며 살아가느냐가 인생의 좋은 해법이 되곤 한다. 살면서 일어나는 대부분의 스트레스는 사람관계로부터 온다는 걸 어른이 된 우리는 너무나 잘 알고 있다.

한번은 회사에서 뜻하지 않은 일로 직원들 사이의 갈등을 마주하게 되었다. 문제는 그것을 지은 사람들이 풀어야 하는 법이지만, 그냥 두어선 좀처럼 해결될 것 같지 않아 끼어든 게 오히려 화를 부르고 말았다. 최대한 좋은 쪽으로 결론을 내기 위해 여러 차례 대화를 시도했지만 적절한 타이밍이 아니었던 듯싶다. 문제가 해결되지 못한 채로 며칠이 흘렀다. 그러다 일정이 잡혀 찜찜함을 뒤로한 채 제주도로 출장을 가게 되었다. 바쁘게 움직이며 일찌감치 일을 다 처리하고 난 후 숙소로 돌아왔다. 제주도에 와 있는 동안 읽으려고 가져온 책을 펴 들었으나 좀처럼 눈에 들어오지 않았다. 책을 덮고 가만히 있다가 마음을 먹었다.

'그래, 이러지 말고 나가자.'

운동화를 꺼내 신었다. 그리고 숙소 근처의 올레길을 걷기 시작했다. '어떻게 하면 좋을까?' 하는 상념에 사로잡혀 시간을 보내던 나는 운동화를 신은 발을 자연 속에 내딛자마자 모든 생각이 '무(無)'로 바뀌는 것을 경험했다. 그때는 오롯이 자연 속 풍광들만이 눈에 들어왔다. 해마다 오는 제주도였건만, 이렇게 아름다운 곳들이 있었나. 나는 걷는 동안만이라도 모든 것을 떨쳐버리자 했는데, 그렇게 걷다 보니 어느새 다섯 시간 가까이 걷고 있는 나를 발견했다. 그 시간에 흠뻑 젖어 있다 보니 생각이 떨쳐내어지는 것이 아니라 오히려 정리되어 있었다. 우리는 어떤 일이 생겼을 때 '그 일'에 대한 생각에 사로잡히지만 실은 모든 답이 내 안에 있다는 걸 알고 있다. 걷기가 좋은 가장 큰 이유는 걷는 동안만큼은 나 자신에게 던지는 '질문'이 바뀌기 때문이다. 즉 해답을 찾으려는 질문 대신 나를 객관화하는 질문을 던지게 되고, 문제를 문제로 바라보는 대신 그 속에 숨은 본질을 찾는 질문을 던지게 된다. 그러다 보면 자연스럽게 해답이 내 앞에 놓여 있다.

사실, '걷기'를 찬미하는 사람은 예로부터 많았다. 수많은 사상가와 철학자, 예술가가 걷기를 좋아했다. 심지어 좋은 작품들은 모두 걷기를 하던 중 영감을 얻어 완성되었으며, 중요한 통찰은 모두 걷는 중에 발견했다고 말하는 사람도 많다. 니체 또한 자신이 쓴 책의 영감 대부분은 길을 걷는 도중에 떠올렸다고 한다. 가족력 때문에 몸이 썩 좋지 않던 그는 대학교수를 그만둔 뒤 휴양하면서 시간 대부분을 글 쓰고 숲을 걸으며 보냈다. 니체의 대표 사상인 '영원회귀 사상'은 스위스 질스 마리아에 있는 '질바플라나 호수' 숲길 속 거대한 바위 앞에서 시작되었다고 한다.

니체는, 자신의 글은 손뿐 아니라 '발'로 완성한 것이라고 말한다. 걸으며 사유하며 썼기 때문이다. 프레데리크 그로의 《걷기, 두 발로 사유하는 철학》에 보면 그냥 책상에 앉아 쓴 글이 아닌 걸으며 구상하고 쓴 글은 얽매인 데 없이 자유롭다고 표현했다.

이처럼 걷기를 좋아했고 손이 아닌 발로 글을 써낸 철학자가 어디 니체뿐이랴. 소크라테스도 고대 그리스 광장인 아고라를 거니는 것을 좋아했다. 칸트는 점심을 먹고 매일 똑같은 대로에서 한 시간 동안 산책을 했는데, 산책 시간이 어찌나 한결같았는지 동네 주민들은 산책하는 칸트를 보고 시계를 맞췄다고 할 정도라고 한다. 또 장 자크 루소는 "나는 멈춰 있을 때, 생각을 할 수 없다. 반드시 몸을 움직여야만 머리가 잘 돌아간다"라고 했다.

바쁜 일상 속에서 '걷기'를 실천하기란 쉽지 않다. 바로 마음의 여유 때문이다. 잠시 30분 시간을 내어 숲길을 걷거나 공원을 산책하는 건 하루 중 아주 잠깐의 시간을 내면 되는 일이지만, 운동화를 신고 공원을 향하기까지 마음속에 드는 온갖 생각은 '오늘은 바쁘니까 내일부터'라는 합리화에서 결론이 나고 만다. 그런 마음의 바쁨과 조급함은 우리에게 많은 걸 일깨워주는 걷기로부터 한참 멀어지게 만든다. 어쩌면 정말 슬픈 일일지 모른다.

나 역시 수많은 철학자와 명사의 '걷기 찬미'에 대해 읽으면서 반드시 매일 걷기를 실천해야겠다 여겼고, 그리하여 몇 차례 걷기를 하며 그것이 얼마나 좋은지 깨달았다. 특히, 걷기를 하는 동안 얼마나 나 자신을 잘 들여다볼 수 있게 되는지 깨달으면서 "걷기는 곧 숨쉬기다"라고 주장하며 사람들에게 걷기를 제안하기도 했다. 그러나 시간이 흐르면서 나는 또다시 걷기와 멀어졌다. 그러다 보니 또 나의 선입견과 작은 경험, 그리고 짧은 지식에 근거해 세상을 바라보게 되곤 했다. 나 자신을 객관적으로 보는 대신 매우 주관적이고 이기적으로 나를 합리화하며 살고 있음을 깨달았다. 그래서 이렇게 긴 시간, 마치 그런 나를 참회하는 마음으로 그렇게 올레길을 걷고 또 걸었다. 걸으며 생각이 싹 정리된 후에는 '서울에 올라가면 반드시 매일 걸어야지' 하고 굳게 다짐했다.

걷기를 하다 보면 어떤 확신이 생긴다. 꽤 복잡하게 얽혔다 여긴 일들이 잘 풀어지리라는 확신. 나의 회사 일도 마찬가지였다. 사람 일이란 겉으로 보기엔 복잡해도 속으로 들어가 보면 '역지사지'와 '배려' 그리고 약간의 인내만 있으면 대부분 해결된다. 물론 말이 쉽지, 그게 얼마나 어려운지는 나도 잘 안다. 그래서 우리는 매일 나의 부족함을 인정하고 낮아지며 상대를 배려하는 마음을 갖기 위해 노력해야 하는 것이리라. 간디는 "우리는 걸으며 자기 자신과 결산을 한다. 자신을 바로잡고, 자신에게 말을 걸고, 자신을 평가한다"라고 했다. 걷기를 이만큼 잘 표현한 말이 있을까.

우리는 걸을 때 비로소 뇌를 움직이고 마음을 들여다보는 '사유'를 하게 된다. 그렇게 이 책 역시 손이 아닌 발로 쓰기 위해 노력했다. 더욱 얽매이지 않고 자유로운 구상으로 한 땀 한 땀 글이 쓰이길 바라면서.

어둠이 있기에
빛의 소중함을 알 수 있다

비가 추적추적 내리는 어느 가을날 저녁, 운전하며 이동하고 있는데 언젠가 들어본 적 있는 노래가 라디오를 따라 흘러나왔다. 김란영의 '빛과 그림자'라는 노래였다.

사랑은 나의 행복 사랑은 나의 불행

사랑하는 내 마음은 빛과 그리고 그림자

그대 눈동자 태양처럼 빛날 때

나는 그대의 어두운 그림자

사랑은 나의 천국 사랑은 나의 지옥

빗속에서 잔잔하게 울리는 노래를 듣고 있노라니 마음도 차분해지는 듯했다. 사랑은 때로 우리에게 천국이며 또 때로 우리에게 지옥이었고, 사랑하는 동안 내 마음은 빛이 드리웠다 그림자가 드리웠다 하는 것이지, 하는 생각이 들며 나도 모르게 감성이 올라와 울보 철학자 헤라클레이토스의 명언이 떠올랐다. 선과 악을 하나로 보았던 그는 이렇게 말했다.

'건강을 건강하게 만드는 것은 병이며, 배부름을 달콤하게 만드는 것은 배고픔이고, 휴식을 달콤하게 만드는 것은 피곤함이다.'

우리가 '사랑이 천국'이라고 느낄 수 있는 건 이별의 아픔을 알기 때문일 것이다. 사랑하는 사람과 함께 있는 시간이 얼마나 좋은지 알 수 있는 것은 떨어져 있을 때의 외로움을 알기 때문이리라. 이처럼 빛이 있으려면 반드시 그림자가 있어야 하고, 밤이 있어야 낮의 밝음을 이해할 수 있다. 차가움이 있으면 뜨거움이 있고, 고통이 있어야 행복의 의미가 성립된다. 즉, 모든 만물은 대립관계에 있다는 뜻이다. 여기서 대립이란 '맞선 관계'를 의미하는 것이 아니다. 우리가 어느 한쪽을 인식하기 위해서는 반드시 그 반대편이 있다는 사실을 인식해야 한다는 뜻이다. '좋다'라는 걸 인식하기 위해서는 '싫음'의 존재를 인식해야 하는 것처럼. 이것이 헤라클레이토스의 철학 속에 담긴 진짜 의미다.

따라서 대립관계에 선 두 가지를 향해 우리는 '옳음'이나 '그름'을 단정 지을 수는 없다. 우리는 흔히 빛과 어둠을 선과 악으로 나누어 설명하는 경우가 많지 않은가. '빛은 진리이고, 어둠은 악이다'라고. 하지만 어둠과 빛은 사실 하나이다. 빛과 그림자가 각각 존재하는 게 아닌 것처럼. 빛이 있는 곳엔 반드시 그림자가 존재한다. 빛의 이면이 그림자이기 때문이다. 어둠 또한 마찬가지다. 빛이 줄어들면 어둠이 드러난다. 빛이 강해지면 어둠은 줄어든다. 열이나 냉기도 마찬가지다. 대부분 '열'과 '냉기'가 각각 존재한다고 생각하지만, 그렇지 않다. 아무리 차가워져도 온도는 −273도 아래로 내려갈 수 없기에 냉기란 존재하지 않는다. 냉기라는 건 열이 부재하는 상태를 쉽게 이해하기 위해서 우리가 사용하는 단어일 뿐이다. 열기는 측정할 수 있지만, 냉기는 측정할 수 없다. 열기가 식을수록 냉기가 강해질 뿐이다. 결국, 냉기란 열기의 부재로부터 나타나는 현상이다.

그러니 "이것은 있고, 저것은 없다"라고 우리가 단정 지어 이야기할 수 있는 건 아무것도 없다. 선과 악을 구분 짓는 게 아니라 악이라는 건 선이 존재하기에 있는 것이고, 선 역시 악이 있어야만 명확히 인식할 수 있다. 위험이 없는데 용기가 무슨 소용이며, 고통이 없는데 행복이 무슨 의미가 있을까. 생명이 다하면 죽음이 찾아오고, 그렇기에 사는 동안 우리의 노력이 유의미해지는 게 아닐까.

성경을 보며 가룟 유다가 예수님을 배신한 나쁜 놈이라고 생각하면서 그가 예수님을 배신하지 않았다면 예수님이 십자가에 그토록 고통스럽게 매달려 있지 않았을 거라고 원망한 적이 있다. 하지만 성경을 전체적으로 볼 때 예수님의 존재 의미와 인류에게서 가지는 의미는 가룟 유다의 배신으로부터 비로소 완성된다는 걸 알 수 있었다. 인류의 악으로부터의 구원은 곧 유다의 배신이라는 '악'이 있기에 의미가 생겨난다.

일상 속에서 우리는 많은 순간, 이것이 아니면 저것이라는 이원론을 적용하며 살아간다. 그러나 그 이원론은 우리를 편협한 생각으로 이끌어간다. 빛이 아니면 어둠, 선 아니면 악으로 나누어 한쪽 면을 보게 하고 그 너머의 것을 생각하지 못하게 한다. 이러한 사고는 사람 사이의 다양성을 인정하지 못하게 만들고 서로를 이해하는 데 방해가 된다. 그리고 우리의 행복을 가로막기도 한다. 행복한 순간이 영원할 수는 없다는 걸 우린 잘 알고 있다. 많은 순간 우리는 어려움에 처한다. 하지만 때때로 불행한 상태, 문제가 있는 상태, 어려움이 닥친 상태가 되었을 때, 우리는 생각할 수 있다. '이 순간을 견뎌낸다면 나에게 더 값진 행복의 순간이 올 거야!'라고. 만약 그 순간을 비관하며 '내 삶은 어두운 그림자 같구나'라고 생각해버린다면 어떻게 될까. 그렇게 극단적 선택을 해버린다면, 그 삶은 행복과 관계없는 삶이 되어버리고 만다. 우리의 일상을 돌아보라.

어느 한쪽만이 존재한다면 과연 다른 쪽 면이 감사하다는 걸 느낄 수 있을까.

나 역시 마찬가지다. 열심히 일하며 집과 회사만을 오갈 때면 '어디 여행이라도 떠나고 싶다' 하는 욕망을 느낀다. 하지만 여행하는 동안에는 '이제 집에 가서 쉬고 싶다. 내 침대가 그리워'라고 느낀다. 열심히 일하는 시간은 훌쩍 떠날 수 있는 시간을 의미 있게 해주고, 긴 여행은 집으로 돌아오는 순간을 더 안락하고 따뜻하게 만들어준다. 모든 것에는 양면이 있고 그 양면은 항상 공존한다는 뜻이다.

우리에게 용기가 필요한 건 어려운 순간이 존재하기 때문이다. 《지금 힘들다면 잘하고 있는 것이다》라는 책을 본 적이 있다. 나는 그 말을 믿는다. 지금 우리가 아픔을 겪고 있다면 다가올 행복을 예견해도 좋을 것이다. 그러니 절대 비관하지 말고 용기를 내어보자. 선을 만들 때 악을 함께 만든 것도 신의 섭리임을 믿기를. 영원한 불행이나 영원한 고통은 없다. 영원한 어둠도 없다. 행복과 편안함, 열기와 빛이 지금은 잠시 결여된 순간일 뿐임을 기억하자. 우리는 대립된 한쪽에 존재하는 것이 아니라 늘 하나의 선상에서 살아가고 있다. 따라서 지금 열심히 살고 있다면, 지금 포기하지 않고 있다면, 지금 나 자신을 믿고 있다면 곧 어둠이 걷히고 빛의 시간이 올 것이다.

나의 묘비명에는

나는 삶의 절반 정도를 살아온 나 자신에게 종종 묻곤 한다. 내가 죽고 난 이후 사람들은 나를 어떻게 기억할까? 내가 쓴 글들과 내가 해온 일들은 과연 아름답고 유의미한 것으로 기억될까? 나의 묘비명에는 어떤 글이 적혀야 할까? 내가 한 일들이 재평가받아 누군가에겐 탐미의 대상으로 여겨질 수는 있을까?

영국의 낭만주의 전성기에는 3대 시인이 존재한다. 바로 조지 고든 바이런, 퍼시 비시 셸리, 그리고 존 키츠다. 25년이라는 짧은 인생을 살다 간 존 키츠는 4~6년의 단기간 동안 시인으로 활동하면서 영국의 낭만주의를 대표하는 아름다운 시를 남겼다. 그는 4남매가 있는 가난한 가정의 장남으로 태어나

일찌감치 아버지를 잃고, 15세가 되기 전에 어머니마저 결핵으로 잃었다. 존 키츠는 다니던 학교를 그만두고 의학 공부를 시작했고, 성인이 된 후에는 외과 의사의 조수로 일하다 지역 병원의 학생이 되었다. 하지만 그 길로 가지 못하고 호메로스, 스펜서 등의 저작을 즐겨 읽으며 시 쓰는 일에 빠져들었다.

이 시는 그의 작품 중 내가 좋아하는 것인데, 서정적인 그의 필치를 잘 반영하고 있는 명시다.

빛나는 별이여

빛나는 별이여, 나 너처럼 변함없는 존재이길 바라노라.
너처럼 홀로 빛나면서 밤하늘에 높이 걸려
자연계의 잠 잊고 정진하는 은둔자 되어
인간 세계 기슭 정결히 씻어 주는
출렁이는 저 바다 물결을
사제(司祭)다운 근면함을
영원히 뜬 눈으로 지켜보고자 함이 아니고
또한 쓸쓸한 벌판에 사뿐히 내린
백설의 새 단장을 지켜보고자 함도 아니다.
아니다. 그건 아니다 ― 다만 나는
보다 더 한결같이, 보다 더 변함없이

내 아름다운 임의 무르익은 젖가슴 베개 삼아

그 보드라운 오르내림을 영원히 느끼면서

감미로운 설레임 속에 영원히 잠 깨어

내 임의 고운 숨결 들으며

언제까지나, 언제까지나 영원토록 살고자 함이니

그게 아니라면 차라리 나 여기에

아련히 숨을 거두고 말리라.

셰익스피어에 비견되는 천재 시인으로 불리었던 존 키츠는 자신의 새어머니처럼 26세 나이에 결핵으로 세상을 떠나고 만다. 세상을 떠나기 전 친구에게 묘비명을 부탁했고, 그의 묘비명에는 이런 글귀가 남게 되었다.

'여기 물 위에 이름을 새긴 사람이 누워 있노라.'

이름도 쓰지 말고 오직 이 글귀만 새겨달라는 것이 절친을 향한 그의 마지막 부탁이었다. 그가 세상을 떠난 후 그의 시는 재평가되었고, 낭만주의 2세대를 대표하는 뛰어난 시인으로 추앙받으며 그 이름을 전 세계에 남길 수 있게 되었다. 그가 좀 더 살며 더 많은 시를 썼더라면 좋았겠다는 평을 하는 사람도 많지만, 그의 이른 죽음이 그를 재평가받게 해주었다고 생각하는 사람도 있다고 한다.

시인 랭보와 김소월, 화가 고흐와 모딜리아니, 음악가 모차

르트와 쇼팽이 그랬듯 젊은 나이에 세상을 떠나 그 작품들이 재평가받고 이름을 세계에 알린 예술가들이 있다. 천재성을 지녔던 그들은 악보를 적을 종이를 사지 못해, 그림을 그릴 물감을 사지 못해, 책을 살 돈이 없어 고통을 받았지만, 결코 '예술가'라는 자신의 삶을 포기하지 않고 의미 있는 작품을 남겼다. 그들의 빛나는 업적은 살아 있는 동안 그들이 결코 놓지 않았던 예술의 추구로부터 얻어진 셈이다. 오늘을 사는 우리가 그 결과물들을 탐미하며 누릴 수 있다는 건 정말 감사해야 할 일이다.

나는 예술가는 아니지만 그래도 작가로서 또 사람들의 꿈을 이루어주는 일을 하는 사람으로서 또 기획자로서 내가 하는 활동에 가치와 의미가 담기기를 소망한다. 누구나 그렇겠지만, 오늘 최선을 다해 벽돌 하나를 나른다면 그것이 위대한 성을 짓는 데 의미가 있었기를 바랄 것이다.

그러면서 나아가 짧은 생애 동안 시를 쓰고 죽은 후에야 그 명성을 알렸던 존 키츠나 고흐가 되기보다는 지금 살아 있는 이 순간을 더 공유하고 싶다는 생각도 해본다. 죽음 후의 삶은 알 수 없으니 그것이 의미 없다기보다는 지금 살아 있는 이 순간이 더 소중하기 때문이다. 천재 예술가인 그들이 "죽은 후 내 작품의 가치가 평가될 거야" 하며 살진 않았겠지만, 살면서 그

가치를 평가받고 더 많은 작품을 남길 수 있었다면 어땠을까. 누구나 운명이라는 걸 지니고 태어나겠지만, 나의 운명은 지금 이 순간이 가장 소중한 때라고 생각하며 살아내는 데서 완성될 테니까.

나는 지금 내가 쓰는 이 몇 줄의 글이, 정말 가치 있고 유의미하게 누군가한테 다가가길 바란다. 그리고 살아 있는 동안 최선을 다해 더 많은 공부를 하고 그것을 통해 더 많은 작품을 써내며, 또한 많은 사람과 아이디어와 가치를 공유하고 싶다. 나는 철학자들이나 시인들처럼 '죽음'에 대해 깊이 고민해본 적은 없다. 하지만 분명한 건 오늘 나에게 주어진 이 삶이 가장 소중하다는 사실이다. 바로 이 순간이 죽음 후 사람들에게 기억될 나의 이름보다 더 소중하다는 것. 그 누군가의 생각과는 다를 수 있지만, 적어도 나에겐 그렇다. 그것이 오늘 이 순간을 있는 힘을 다해 살아내는 이유다.

세상에 중요하지 않은 것은
하나도 없다

점심시간이 지난 후 탕비실에 주스를 마시러 갔더니 웅성거리는 소리가 들렸다. 직원 몇 명이서 탕비실 정리를 하는 모양인데, 뭔가 의견이 맞지 않는지 고민하는 모습이었다.

"무슨 일이에요?"

그들의 말인즉, 탕비실에 공간이 좀 더 필요해서 기존에 있던 물건 중 몇몇을 정리해야 하는데 무엇을 빼야 할지 몰라 고민이 된다는 것이었다. 이것을 빼자니 저게 무용지물이 되고, 저것을 치우자니 그럼 이럴 때 불편해지고, 요것을 없애자니 그러면 아예 탕비실 전체 사용이 불편해질 수도 있고…….

"결국 다 필요한 거네요."

고민 끝에 우리는 결국, 탕비실을 다른 곳으로 옮겨 공간을 좀 더 늘리기로 했다. 공간 하나를 정리하는 것도 이런데, 사람이 하는 일에서 이런 고민은 늘 있기 마련이다.

경기가 좋지 않거나 회사 사정으로 부득이 인원 감축으로 구조조정을 해야 할 때 어느 파트의 어떤 인원을 감축해야 할지 몰라 고민하는 대표가 많다. 나 역시 예외는 아니다. 회사에는 핵심만이 중요해 보이겠지만, 사실 그 인력뿐 아니라 그를 서포트해주는 인력도 중요하고, 주요 업무에 대한 재능보다 분위기를 주도하거나 리더십에 탁월한 인력도 필요하기 때문이다. 회사를 운영하거나 팀을 만들어 리더로 활동하면서 늘 느끼는 것은, 어떤 조직이든 불필요한 사람은 없다는 사실이다. 아주 작은 역할 하나라도 그 사람이 지니는 의미는 크다. 그래서 우리는 어느 한쪽만을 놓고 전체를 판단하는 오류는 늘 조심해야 한다. 이와 관련된 철학 이론을 주장했던, 철학의 아버지라 불리는 탈레스에 대해 잠깐 이야기해볼까 한다.

그리스 최초의 철학자이자 과학자이기도 한 탈레스는 '만물의 근원은 물이다'라는 명언을 남겼다. 우리에겐 이 말이 무척 익숙하지만, 사실 그전까지만 해도 그리스 사람들은 '만물의 근원은 신'이라고 믿고 있었기에 탈레스의 이 말은 매우 센세이션했다. 철학의 아버지라 불렸던 탈레스는 천문학과 기하학에 조예가 깊었는데, 그림자의 길이를 통해 피라미드의 높이를 계산하기도 했다.

탈레스의 제자인 아낙시만드로스는 물 대신 '무한 자', 즉 '아페이론(apeiron)'이라는 개념을 가지고 나온다. 그는 "세상의 근원은 시작과 끝이 없는 무한 자이다"라고 주장한다. 즉, 그는 이 '무한 자'에서 여러 원소가 갈라져 나와 수많은 과정을 거치다 보니 이 세상이 만들어진 거라고 생각한 것이다.

아낙시만드로스의 제자인 아낙시메네스는 물도 무한 자도 아닌 "이 세상 만물의 근원은 공기이다"라고 주장한다. 아낙시메네스는 물에서 물이 아닌 다른 것이 도대체 어떻게 나왔고, 무한 자에서 특정한 것이 어떻게 나왔는지에 대한 스승들의 설명이 불충분하다고 말하며 고민한 끝에 '공기'라는 답을 내놓은 것이다. 아낙시메네스는 "밀도가 높은 것은 온도가 차고, 밀도가 낮은 것은 뜨겁다"라고 말하며 공기가 희박해지면 그 밀도가 낮아져 불이 되고, 공기의 밀도가 높아지면 바람이 된다고 주장했다. 그래서 바람은 구름이 되었다가 구름은 또 비를 뿌리게 된다는 것이다. 그렇게 물이 되었다가 물은 또 흙이 되고 흙은 돌이 되는 갖가지 연쇄 작용이 벌어진다고 말이다.

그리고 헤라클레이토스는 "만물의 근원은 불이다"라고 했다. 탈레스가 세상의 원천을 '물'로 제시했다면, 헤라클레이토스는 모든 걸 변화시키는 원리로 '불'을 제시한 것이다.

나는 철학을 공부하면서 철학이 삶의 진리에 대한 답을 준다고 생각한 적은 없다. 철학은 나에게 항상 '질문'이었다. 내가 살면서 접하는 모든 걸 단편적이거나 표면적으로 바라보지 않고 한 번 더 질문하고 뒤집어보게 하는 계기를 마련해주는 것이다. 철학을 공부하며 나의 사고가 깊어지고, 내가 단순히 지식인이 아닌 지성인이 되어가고 있다는 걸 느낀 것은 바로 생각의 변화를 느끼면서부터였다. 우리가 살아가는 삶은 매우 복잡한 원리로 이루어져 있다. 그 원리를 모두 알 수는 없지만, 지금 내가 느끼고 알게 되는 이쪽 편만 존재하는 것이 아닌 반대편이 있다는 걸 알고 있다면 생각의 흐름은 바뀌게 된다. 나는 내 주장을 하기 이전에 상대방의 생각을 살펴볼 수 있고, 성급한 판단을 내리기 전에 현상을 한 번 더 뒤집어 생각해볼 수 있게 된다. 이 책을 쓰는 이유도 내가 알게 된 철학의 원리들을 알려주기 위함이 아닌, 철학 속에서 얻은 질문들을 공유하기 위함이다. 그 질문들을 단 한 번이라도 각자의 삶에 던져볼 수 있다면, 그 순간부터 우리는 모두 철학자가 된다.

'사랑이 무엇인지?', '인간이 무엇인지?', '죽음이 무엇인지?', '세상의 근원이 무엇인지?', '나는 누구이고, 존재란 무엇인지?' 등등……. 그저 부딪히며 깨우쳐갈 수밖에 없는 이런 부분들을 미리 질문하고 사유하며 통찰해나간다면, 이런 질문들을 부지런히 우리 삶에서 던지며 사유의 폭을 넓혀간다면 우린 분명 다른 사람이 되어 있을 것이다. 훨씬 깊고 풍부한 생각을 가진, 상대를 좀 더 잘 이해하고 선입견과 편견으로부터 멀리 떨어진 사람 말이다.

탈레스나 헤라클레이토스가 고민했던 것처럼 나도 세상의 근원이나 '더 중요한 것'에 대해 생각해본 적이 있다. 하지만 늘 그에 대한 결론은 '모두가 중요하다'였다. 된장찌개의 근원은 무엇일까? 탈레스는 "물이 없다면 된장찌개는 존재하지 않는다"라고 했을 테고, 헤라클레이토스는 "아니지. 불이 없으면 된장찌개를 끓일 수 없잖아!"라고 했을 것이다. 또 누군가는 "각종 재료가 더 중요하지"라고 할 수도 있다. 모두가 맞고 또 모두가 틀리다. 된장찌개의 근원이 무엇인지 그 정답을 하나로 꼬집어 말할 순 없겠지만, 된장찌개를 좋아하는 나로서는 그 안에 무엇이 들어가야 더 맛있어지는지 정도는 말해볼 수 있겠다. 맛난 된장과 좋은 물, 그리고 적당한 불과 각종 신선한 재료들, 그리고 공기가 없다면 불도 존재할 수 없으니 공기도 중요한 재료 중 하나가 될 것이다. 이 모든 것이 하나로 조합될 때야 비로소 맛있는 된장찌개가 완성된다. 나의 결론은 그것이다.

늘 내가 접하는 모든 상황 속에서 맞닥뜨리는 하나하나가 그 상황을 구성한다고 본다. 그래서 특정한 것을 경시하거나 소홀히 여길 수가 없다. 이 세상의 원리는 어쩌면 근원이 되는 무엇이 아닌 존재하는 모든 것의 조합으로부터 시작되고 끝나는 게 아닐까 생각해본다. 그 소중함을 먼저 깨닫는 자만이 선하고 아름답고 행복한 삶을 살 수 있는 게 아닐까.

두려움은 또 다른
두려움을 낳는다

나에게 심각한 고소공포증이 있었다는 걸 아는 사람은 많지 않다. 사실, 나는 고소공포증이 너무 심해서 해외에 나가야 하는 일이 생기면 티켓을 끊기 최소 한 달 전부터 고민에 빠지곤 했다.

'내가 갈 수 있을까?'

'내가 비행기를 탈 수 있을까?'

'아무 일 없이 견딜 수 있을까?'

그러다가 비행기를 타면 곧바로 눈을 감고 비행기가 뜰 때까지 숨을 죽이고 있었다. 비행기 창밖을 보는 건 상상도 할 수 없었다. 내가 구름 위에 떠 있다는 걸 알게 되는 순간 정신이 나가버릴 수도 있다고 느꼈기 때문이다. 그러면서 비행기 안에 있는 내내 걱정한다.

'이 비행기에 결함이 있어서 갑자기 추락하면 어떡하지?'

'이 추운 겨울에 바다로 떨어지면 수영을 해서 살아남기도 힘들 텐데 미치겠네.'

'파일럿이 깜빡 졸아서 항공로를 이탈하면 어떡하지?'

이런 생각이 꼬리에 꼬리를 물고 나를 괴롭혔다.

하지만 나는 일의 특성상 해외에 나가지 않을 수 없었다. 해외의 책들을 사 와 국내 출판사에 소개하고 또 우리 책을 해외에 파는 일을 했기 때문에, 외국 출판사들과 만나고 새로운 책을 발굴하기 위해 외국 서점에 가거나 나라별로 1년에 한 번씩 개최되는 국제도서전에 참여하는 일은 회사 대표로서 필수적인 일이었다.

한번은 출판사 대표님과 일본으로 출판 관계자를 만나러 가던 날, 웃지 못할 헤프닝도 있었다. 비행기가 이륙하던 순간부터 착륙할 때까지 너무 긴장한 나머지 양손이 땀으로 흠뻑 젖어, 준비해 간 손수건으로 닦은 적이 있다. 내 모습을 본 출판사 대표님이 "아니, 양 대표님 왜 그렇게 땀이 많으세요?" 하며 놀라는 게 아닌가. 얼마나 창피한지 차마 고소공포증이 있어서라고 말하지는 못해 어영부영 다른 핑계를 댄 기억이 있다. 그나마 일본에 갈 때는 두 시간만 참으면 되니 심호흡을 크게 하며 마음을 먹으면 된다지만, 상황이 이렇다 보니 한 달 전부터 '내가 꼭 가야 하나? 우리 누구 팀장이 가도 잘할 텐데' 하며 합리적 명분을 만들기 위해 애썼다. 단 한 번도 이런 티를 낸 적은 없지만, 우리 직원들이 알았다면 아마 나를 향해 엄청 웃었을 것이다.

그러던 2005년의 어느 날, 독일 프랑크푸르트에서 도서전이 열린다는 소식을 전달받았다.

"대표님, 티켓 준비할까요?"

세계적인 도서전이기 때문에 가지 않을 수도 없고, 이미 우리 부서장이 해외 바이어들과 도서전에서 만나 서로의 책을 소개하는 미팅을 잡아둔 것이다.

"그…… 래야죠."

대답은 했지만 머리가 아프기 시작했다. 비행기에 타지도 않았는데 벌써 공황장애가 올 것처럼 숨이 막혔다.

'열 몇 시간을 비행기 속에서 어떻게 버티지?'

두 시간도 못 버티는 나는 아마 거기서 죽을지도 모르겠다는 생각에 3개월 전부터 속을 태우기 시작했다. 그리고 출발 날짜가 임박해오자 기도를 시작했다. 아침마다 눈을 뜨면 제발 무사히 다녀올 수 있게 해달라고 손을 모아 기도했다. 아마 살면서 그토록 간절히 기도해본 적도 없었던 것 같다.

그렇게 디데이는 다가왔다. 나는 여러 권의 책을 챙겨 비행기에 올랐다. 흥미로운 책을 읽으면 그래도 마음이 좀 낫지 않을까 싶어서였다. 다행히 비행기가 출발했는데 생각보다 컨디

션이 나쁘지 않았다. 기도를 많이 한 덕인가? 네댓 시간이 흘렀는데도 크게 공포스럽지 않았다. 물론, 여전히 내가 이 비행기 속에 갇힌 채 잴 수도 없는 높이 위에 올라와 있다는 사실을 상기할 때면 손에 땀이 나긴 했지만, 그래도 참을 만했다. 나는 우아하게 와인도 한 잔 마시고 직원들에게 눈인사도 하면서 전혀 나의 두려움을 티 내지 않고 잘 버텼다. 그렇게 일곱 시간쯤 되었을까. 한국에서 낮에 출발했기 때문에 지금쯤이면 밖이 밤이어야 맞지만, 시차 때문에 닫힌 창문 커버 사이로 오후의 햇빛이 쏟아져 들어왔다. 지금껏 한 번도 비행기를 타고 창밖을 본 적이 없지만, 그날따라 이상한 용기가 발동해 창문 커버를 한번 살짝 들어보았다. 천천히 커버를 올리다 툭 하며 창문이 완전히 드러나면서 바깥 풍경이 환하게 들어왔다.

'세상에!'

내 눈에 들어온 하늘을 보며 나도 모르게 탄성이 나왔다. 이렇게 아름다운 하늘을 여태 한 번도 못 보고 다녔다니! 비행기 창밖으로 펼쳐지는 창공은 그야말로 장관이었다. 하얗게 펼쳐진 구름도 멋있었지만 사이로 보이는 바다와 산도 얼마나 멋진지. 창공이 이렇게 아름다운데 나는 비행기를 탈 때마다 두려움 때문에 한 번도 이걸 보지 못했다고 생각하니 그동안의 시간이 너무 아쉽게 느껴질 정도였다. 나는 그날로부터 그간 갖고 있던 모든 공포심이 단번에 날아갔다. 마치 거짓말처럼.

그리고 '이제 죽어도 여한이 없겠구나!' 싶은 생각이 들었다. 그리고 '어차피 사람이 죽고 사는 건 인간이 정하는 게 아닌데. 내가 죽는다면 이렇게 아름다운 하늘에서 죽는 것도 나쁘지 않겠어' 하는 생각이 들면서 마음이 편안해지는 게 아닌가. 그날의 하늘은 내게 큰 의미로 남았고, 마음 한구석에 깊숙이 간직한 채 한 번씩 기억을 되살려보곤 한다.

이제 나는 1년에 열다섯 번 이상 해외로 나간다. 즐겁게 티켓을 끊고 마음껏 하늘 위에 있는 시간을 즐긴다. 그날 이후에 생각한 것이지만, 고소공포증을 포함해 사람이 가진 대부분의 공포증은 모두 '걱정'으로부터 나온다. 그리고 그 걱정은 99%는 일어나지 않은 일이며, 일어나지도 않을 일이다. 사람이 죽는 것은 한 번 정한 이치인데, 늘 죽음을 걱정하며 살아야 한다면 단 하루라도 편하게 살 날이 있을까. 언젠가는 죽을 테니 의미 있게 죽기를 바라며 지금 이 순간을 마음껏 누리며 사는 게 더욱 좋을 것이다.

실존주의 철학자 하이데거는 인간의 기본적인 존재 방식을 '걱정'이라고 말한다. 여기서 걱정이란 두려움과는 좀 다른 의미를 지니는데, 두려움은 대상이 존재하는 반면 걱정은 대상이 없다. 사자를 두려워하지만 사자를 걱정하지는 않듯이 말이다. 고대 로마의 작가 히기누스의 우화에 보면 이런 이야기가 있다.

어느 날 '염려'라는 신이 흙을 발견하고는, 그 흙을 한 덩이 떼어내 무언가를 만들었다. 염려의 신은 주피터 신에게 "이 작품에 혼을 넣어달라"라고 부탁했다. 주피터가 혼을 넣고 나서는 "이 작품의 이름은 내 이름으로 하자. 내가 혼을 넣었으니까"라고 말하자, 염려의 신은 "절대 그럴 수 없다! 내가 만들었는데 왜 너의 이름을 붙이느냐!"라며 싸움을 하게 됐다. 둘이 한참을 싸우고 있는데 대지의 신 텔루스가 말했다.

"내 몸의 일부로 만들었으니 당연히 내 이름을 붙여야지 무슨 소리냐!"

싸움이 끝나지 않자 시간의 신인 사투르누스가 다가와 이렇게 판결했다.

"주피터는 혼을 주었으니 그가 죽을 때 혼을 받고, 육체 일부를 준 텔루스는 그가 죽을 때 육체를 받는다. 그리고 이 존재를 처음 만든 건 염려의 신이니, 살아가는 동안에는 염려의 것으로 하라. 이 존재의 이름은 후무스, 즉 흙으로 만들어졌으니 '호모(인간)'라고 부르겠다."

하이데거는 이 우화를 통해 인간의 존재 방식이 염려라는 것을 표현했다. 인간이 살면서 부정적이든 긍정적이든 염려를 벗어나 살 수 없다고 생각한 것이다.

나도 그 말에는 동의한다. 걱정이 없는 사람은 행복하겠지만, 그럴 수 있을까? 아무리 기분 좋게 하루를 시작해도 우리

앞에 시시각각 다가오는 일들은 충분한 걱정거리를 안겨준다. 그리고 그 걱정은 때로는 나를 더 신중하게 만들고, 일어날 수 있는 일을 미리 대비해 사고를 줄여주는 유익한 작용을 하기도 한다. 하지만 우리가 그런 존재이고 인간의 본성이 그러하다면, 쓸데없이 우리에게 스트레스를 안겨주고 일어나지도 않은 일로 공포심까지 만들고 마는 '걱정'과 '염려'로부터 벗어나는 것 또한 중요하다. 일평생 수많은 걱정 속에 불행하게 살 필요는 없으니 말이다.

정신과에서는 걱정과 불안을 일차성과 이차성으로 나눈다. 일차성은 코앞에 일어날 일에 대한 걱정을 의미하고, 이차성은 그 걱정으로부터 파생되어 더 많은 일을 예상하고 불안에 떠는 것을 의미한다. 대부분의 걱정이 나쁜 이유는 일차성에서 그치지 않고 우리를 더 깊은 걱정으로 끌고 가 생각과 마음을 피폐하게 만든다는 것이다.

내가 '이 비행기가 추락하면 어쩌지?' 하는 생각을 멈추지 않았다면 그날의 아름다운 하늘을 볼 수나 있었을까. 일 때문에 어쩔 수 없이 여러 번의 비행을 계속해야 했을 텐데, 그때마다 아침에 눈 뜨면 기도하고 언제 하늘에서 떨어져 죽을지 모르는 불안감 속에서 몸서리를 쳐야 했을 것이다. 그날을 계기로 쓸데없는 걱정을 내려놓고 나니 세상이 달라 보였다. 심지어

'죽음'에 대한 걱정조차도 내려놓고 나니 세상엔 즐거운 일이 너무 많다는 걸 새삼 느끼게 되었다. 우리 인간이 염려와 떼려야 뗄 수 없는 존재라는 걸 인정한다 하더라도, 우리는 좀 더 행복한 삶을 누릴 방법을 찾을 수 있다. 어느 심리학자가 그랬듯 실제로 지금 이 순간 우리 머릿속에 있는 고민들을 쭉 적어보면 지금 당장 내가 해결할 수 없는 게 대부분이라고 한다. 그걸 계속 가지고 사는 건 필요 없는 짐을 등에 얹고 종일 돌아다니는 꼴이다.

항상 얼굴이 밝고 매사에 긍정적인 사람들에게 비결을 물어보면 대부분 "다시 주어진 오늘에 감사하기 때문이다"라고 말한다. 그들은 아마 일어나지 않은 일에 대한 걱정 대신 다시 주어진 오늘을 어떻게 살까에 대한 설렘으로 존재를 채워나갈 것이다. 나 역시 그런 사람이 되길 바란다.

그러므로 나를 조급하게 만들고 소심하게 만드는 걱정이여!

너는 더 이상 나의 친구가 아니니.

때때로 너는 내가 그립겠지만 우리 잠시 거리를 두자.

오늘의 나는 어제보다 더 행복하기를 바라므로.

우리는 누구를 위해
자비를 베푸는가?

　　겨울이 되면 일부러 시간을 며칠 낸다. 사람의 손길이 잘 닿지 않는 한적한 시골 마을에 가기 위해서다. 크리스마스에 새해맞이까지, 도시의 거리는 화려한 장식에 선물 포장 그리고 친구나 연인들의 모습으로 북적댄다. 이렇게 화려한 도시의 겨울과는 반대로 이제는 노인들만 남은 시골 마을은 한적하다 못해 스산함이 느껴진다. 농사 일거리가 없는 겨울이면 동네 할머니들이 마을회관에 모여 국수도 끓여 먹고 고스톱도 치며 시간을 보내기도 하지만, 나이가 많아 거동이 불편하거나 자식이 먼 곳에 살아 자주 찾아오지 못하는 노인들의 경우 쓸쓸하게 혼자 방 안에서 하염없이 시간을 보내야 하는 경우도 많다. 또 태어날 때부터 몸이 불편한 아이들 역시 겨울이면 더욱 움츠러든 채 집에서 힘겨운 시간을 보내야 하기도 한다. 자주는 아니지만, 겨울이 되면 봉사 단체를 통해 그런 노인들이나 몸이 불편한 아이들을 찾아가곤 한다. 작년에 봉사를 나갔을 때는 몇 분이 생신을 맞아 케이크를 사서 함께 축하해드렸다.

노인들은 "나이가 들면 생일 챙길 필요 없어. 내 생일이 언제인지도 잊어버려. 젊을 때나 하는 거지" 하며 쌈짓돈으로 손주 생일을 챙기기에 바쁘다. 하지만 생일파티를 하면서 그들의 진짜 마음은 그렇지 않다는 걸 느꼈다. 자식 키우느라 오랜 시간 다 보내고 이제 죽음을 향해 가는 그들이지만, 누군가가 생일을 챙겨주고 자주 찾아와 시간을 보내는 일은 지난 세월에 대한 보람을 느끼는 귀한 시간이 되는 것이다. 방 안에 울리는 거라곤 TV 소리밖에 없어 외로움에 자살하는 노인도 많다는 기사를 보고 울컥한 적이 있다. 그날 생신을 맞은 어르신들이 케이크 한 조각을 입에 물고 어찌나 즐거워하는지 함께 있는 동안 가슴이 뭉클했다. 이렇게 작은 관심에도 큰 기쁨을 느낀다는 사실에 나이가 든다는 건 외로움을 견뎌야 하는 일이라는 생각에 새삼 서글퍼지기도 했다.

이렇게 겨울뿐 아니라 한 해를 보내며 나는 기회가 있을 때마다 개인 혹은 내가 소속된 봉사 단체를 통해 봉사활동을 다니는 편이다. 어쩌다 얼굴을 보일 때면 지인들은 "양 대표님,

봉사활동에 아주 열심이시네요. 일도 바쁘신데 정말 대단하세요"하고 말하곤 한다. 그런 말을 들을 때면 괜히 부끄러워진다. 내가 하는 이 활동들은 사실 그 사람들을 돕는 데 목적이 있지만, 그로 말미암아 더 기쁜 마음이 들고 행복해지는 건 나 자신이기 때문이다. 실제로 봉사활동을 하거나 좋은 일을 하고 돌아오는 길은 그 어느 때보다 발걸음이 가볍고 나도 모르게 가슴이 벅차오르는 감정을 느낀다. 그래서 누가 시키지 않아도 그런 일을 자처할 때가 많다.

오래된 직원들은 다 알지만, 한때는 취미로 마술을 배운 적이 있다. 그냥 취미로 시작했지만 주변 반응이 좋아서 여름휴가를 반납하고 강원도의 한 복지회관에 가서 공연하기도 했다. 그 후에도 몇 차례 자선공연을 했는데, 모금이 되면 전액 기부하기도 했다. 또 20대 때 일본어 스타 강사로서 하루 1,200~1,500명을 가르치던 이력으로 출판에 종사하는 사람들에게 3년 동안 무료 강의를 한 적도 있다. 출판계에 종사하다 보면 일본어가 유용하게 쓰이는데, 일부러 학원 다니기에는 부담스럽고 나름의 노하우를 전수할 기회를 주고 싶어서였다. 무엇 하나 얻는 것 없이 내 시간과 비용을 따로 내어 한 일들이지만, 그때마다 더 기분이 좋은 건 나 자신이었다. 인간은 사랑을 하거나 봉사활동을 하면 옥시토신이라는 행복 호르몬이 분비된다는데, 그래서일까. 도움받는 건 상대방이지만, 도움을 주

는 행위 자체가 주는 뜨거운 행복감은 누군가로부터 무언가를
받는 행복감보다 훨씬 크게 느껴진다.

그래서 어떤 사람은 "남을 돕는 행위로 행복감을 느끼는 자
체가 이기심이다"라고 말하기도 한다. 남을 돕는 행위마저 결
국은 '나 자신의 행복을 위한 것'이니까 말이다. 그렇게 본다면
이기심이라는 건 반드시 나쁜 것일까. '자기 자신의 이익만을
꾀하는 마음'이라는 뜻의 이기심은 반드시 도덕성과 반대되는
것일까.

경제학의 아버지 아담 스미스는 "개인의 이익 추구가 질서
있는 사회를 만든다"라고 말했다. 우리가 빵을 먹을 수 있는 것
은 빵집 주인의 자비심 때문이 아니라 빵집 주인의 이익 추구
때문이라고 말이다. 하이에크는 이러한 질서는 인간의 자발적
경쟁에서 비롯된다고 말했다. 이기심을 추구하는 인간의 활동
때문에 시장이 형성되기에 이러한 이기심이 시장 메커니즘의
정상적 모델이라고 본 것이다. '이기심'이란 일반인들이 생각
하기엔 나쁜 것 같지만, 경제학자들에게는 합리적인 논리의 전
제가 된다.

아리스토텔레스도 인간의 이기심에 대해 이야기했다. 그는
'사람은 스스로를 가장 사랑해야 할까, 남을 위해 살아야 할
까?'와 같은 의문을 품었다고 한다. 남을 전혀 위하지 않고 자

신만 생각하는 이기심은 나쁜 마음이지만, '이기심'이라는 것을 이렇게 단순하게만 접근하기란 힘들다. 그는 이기심에도 두 가지가 있는데, 그중 하나는 고대 그리스 시대에 만연했던 계급 차별에서 비롯된 탐욕을 담는다. 이 이기심은 인간이 자신을 위해 돈·명예 등을 축적하는 것을 의미하는데, 더 많은 것을 누리기 위해 수단과 방법을 가리지 않고 노력해 자신의 욕구를 충족시키려는 마음을 뜻한다. 그는 이런 인간의 이기심은 비난받아야 할 이기심이라고 말했다.

사실, 우리는 당연히 자신을 사랑하고 좀 더 잘 살고 성공하기 위해 노력하며 살아간다. 그러나 이것이 과해져 자신의 이익만을 생각해서 다른 사람에게 상처를 주거나 다른 사람의 행복까지 짓밟는 행위를 볼 때가 있다. 양보라고는 없고, 많이 가져도 다른 사람을 도와주기는커녕 자신의 창고만 채워놓기에 바쁜 것이다. 진짜 부자는 돈과 행복과 사람을 모두 가진 인물이 아닐까. 돈을 가졌다는 건 부를 쌓기 위해 열심히 노력했다는 것이고, 행복을 가졌다는 건 그 과정에서도 남과 함께하고 자신의 마음 돌보기를 게을리하지 않았으며 작은 것에도 감사할 줄 아는 마음을 간직하고 있다는 것이고, 사람을 가졌다는 건 적당한 이기심과 자기애 그리고 이타적 사랑으로 함께 어울리며 살아왔다는 것을 의미할 테니까. 통장에 돈이 1천억 원이나 있으면서 자식이 돈 달라고 할까 봐 무서워 연락을 다 차단하고 혼자 식탁에 앉아 소주에 새우깡 봉지만 뜯는 짠돌이 부자 얘기를 들으며 소름이 끼친 적이 있다. '내가 어떻게 모은 돈인데!' 하며 탐욕 가득한 얼굴로 누군가 자기에게 다가오면 그게 자식이든 아니든 '나한테 돈 뜯어내려고 저러나?' 하고 의심부터 하는 그 사람의 삶은 얼마나 불행한가.

이러한 이기심은 아리스토텔레스의 말 그대로 비난받아 마땅한 이기심이다. 그는 또 다른 이기심이 있다고 말한다. 일생을 통해 수단과 방법을 가리지 않고 지혜, 정의, 아름다움, 선함을 쫓는 마음 역시 이기심인데, 이는 매우 숭고하다고 말한다. 이러한 것을 쫓는 사람은 이기적이지만 선한 사람이기 때문이다. 이런 이기심을 가진 사람들은 남을 돕는 일을 할 때, 즉 도덕적인 일을 할수록 더 기쁨을 느끼고 행복을 느낀다. 이런 이기심을 가진 사람들은 사회를 아름답게 만들고, 더 풍요롭고 행복한 사람이 많은 사회를 만드는 데 기여한다. 이러한 이기심은 '희생'을 손실이라 생각하지 않고 오히려 세상을 더 아름답게 채우고 자신을 행복하게 만드는 도구라고 여긴다. 그래서 기회가 될수록, 더 많은 걸 가질수록, 더 많은 사람을 위해 희생하고 자기 것을 내어놓기를 망설이지 않는다. 이러한 이기심은 오히려 남에게 긍정적 영향을 끼치는 이기심이며, 궁극적으로는 자기애를 완성하는 이기심인 것이다.

나는 아리스토텔레스의 말을 살펴며 건강한 이기심과 자비심은 어쩌면 한 끗 차이가 아닐까 생각해본다. 누군가를 돕지 않는다고 해서 그 사람을 비난할 이유는 없다. 자신의 안녕을 추구하며 살아가는 삶의 방식을 향해 누가 돌을 던질 수 있을까. 아무리 선한 사람도 때로는 자신을 위해 추한 일을 불사하고, 보이지 않는 마음으로 남을 비난하거나 나쁜 일을 저지르기도 하지 않던가(나도 진짜 화가 날 때 마음속으로 여러 번 사람을 때리기도, 욕하기도 한다). 그러나 결국 다시 마음을 추스르고 선한 마음을 갖기 위해 노력하는 것은 바로 나 자신을 사랑하기 때문이다. 상대가 아무리 큰 잘못을 해도 용서하고 그를 위해 마음을 내어주는 행동은 그 사람의 마음을 편하게 해주기 위해서라기보다 내 마음의 평온을 위해서가 더 크다. 그리고 정말 하기 힘들었던 일을 해내고, 남을 위해 이해하고 용서하는 과정을 겪고 나면 나 자신을 칭찬해주고 싶어지고 어쩐지 좀 더 성장한 내 모습을 보는 것 같아 흐뭇해지기도 한다. 이러한 경험은 '다음번에도 더 좋은 일을 해야지' 하고 다짐할 계기가 되기도 한다. 그렇게 우리는 한 걸음 더 앞으로 나아가는 것이다.

나는 오랫동안 사람들이 책을 쓰는 일을 도와왔다. 처음엔 회사의 이익을 위해 이 일을 시작했지만, 어느 순간 회사에 큰 이익이 되지 않는 데도 계속 그 일을 위해 열심히 뛰어다니는 내 모습을 보면서 '내가 왜 이러고 있지?' 하는 생각을 했다. 사람들이 꿈을 이루고 행복해하며, 삶이 발전해가는 모습을 보면서 어쩌면 그들보다 더 큰 기쁨을 느꼈던 것 같다. 그게 인간이라는 존재이며 누구나 이런 선한 이기심을 가지고 살아가는 게 아닐까 싶다. 가끔은 못된 마음이 발동하기도 하지만, 우리 마음에 선함을 잃지만 않는다면 다시 나 자신을 용서하고 한 걸음 앞으로 나아갈 수 있으니 너무 걱정하지 말길 바란다.

자신을 사랑하지 않는 사람은 이기심마저 발동하기 힘들다고 한다. 그리고 남을 돕기 위해서는 나 자신을 가장 먼저 돌봐야 한다고 한다. 자신의 마음이 얼마나 힘든지도 모른 채 남을 돕는다고 뛰어다니면서 가정까지 버리는 사람을 보면 누구도 그 사람을 훌륭하다고 말하긴 힘들 것이다. 나는 나 자신과 가장 사이가 좋아야 하니까. 나도 가끔은 지칠 정도로 나를 놔둘 때가 있지만, 오늘처럼 이렇게 글을 쓸 때면 다시 나를 다독여주기 위해 애쓴다.

'오늘도 고생했어. 잘했어.'

이렇게 내 마음을 보듬어주면 나는 다시 선한 이기심을 발동하고 살아갈 수 있게 된다. 이런 행동은 돈이 들지도 않고 힘이 들지도 않는다. 그러니 '가장 지혜롭고 이성적인 이기주의자'가 되자. 나를 돕고 남을 돕는 일은 많이 할수록 더욱 우리를 행복하게 하므로.

밤이 어두울수록 별이 빛나는 법

"더는 못하겠어요, 대표님."

몇 달 전에 책을 쓰겠다고 찾아온 분이 있었다. 워낙 전문성도 있고 평소 글쓰기를 좋아했던 터라 크게 고민하지 않고 등록을 해드렸는데, 몇 달이 지난 후 책 쓰기를 포기하고 싶다며 나를 찾아온 것이다.

"아니, 왜 그러세요. 많이 힘드신 거예요?"

"저는 제가 이렇게 형편없는 사람인 줄 몰랐어요."

"글이 잘 안 써져서 그런 거예요? 처음엔 다 힘들어요. 저도 그랬는걸요."

"단순히 글이 안 써진다기보다는…… 제가 생각한 것보다 훨씬 어려운 과정인 것 같아요…… 포기하고 싶어요."

10년 가까이 책 쓰기 강의를 해왔던 터라 이런 일이 처음은 아니다. 하지만 처음 당당하고 밝았던 그분의 모습을 떠올리자 지금 너무 낙심하고 힘겨워하는 모습에 마음이 좋지 않았다. 제대로 글쓰기에 도전해보지도 않고 중도에 말도 없이 포기하고 사라지는 사람도 있는 데 반해, 그분은 벌써 원고도 많이 썼고 책 콘셉트도 잘 잡은 것 같아서 포기하기엔 정말 아쉬운 상황이었다.

우선 그분의 마음을 달래주는 게 먼저일 것 같아 따뜻한 차를 대접하고 차근차근 이야기를 나누기 시작했다.

"지금 가장 힘든 게 어떤 부분이세요?"

"대표님, 제가 이 일을 한 지가 벌써 삼십 년이 넘었어요. 그래서 이 주제를 갖고 책을 쓰겠다고 한 건데, 책을 쓰면서 보니 제가 여기에 대해 알고 있는 게 너무 없다는 생각이 드는 거예요. 제가 과연 진정성 있게 이 일에 임했던 게 맞을까요?"

말 그대로 그분은 지금 혼란을 겪고 있었다. 대부분 책의 주제를 잡을 때는 자신이 오랫동안 해오던 일이나 취미, 꼭 다뤄보고 싶었던 주제 등을 중심으로 잡기 마련인데 그래서인지 쓸 이야기도 많고 적어도 그 분야에 대해선 전문가라고 할 정도로 빠삭하게 알고 있기 마련이다. 그런데 막상 책을 쓰려고 하니, 자신이 알고 있던 것을 정리하는 일이 쉽지만은 않았던 모양이다. 책이란 단순히 지식과 정보만을 나열하는 것이 아니라, 그 주제에 대한 자신의 의견과 생각을 정리해서 담아야 하고 그만의 개성이 드러나야 하기 때문이리라.

　사실, 책 쓰기가 힘든 이유는 글쓰기가 어렵기 때문이기도 하지만 한 줄 한 줄 글을 써나가는 과정에서 나 자신과 만나기 때문이다. 우리는 독서를 통해 작가가 되기 위한 준비를 하는데, 독서하면서 먼저 잘 몰랐던 나 자신과 마주하는 경험을 하게 된다. 그동안 한 번도 생각해보지 못했던 주제에 대해 질문을 던지고, 마치 철학자가 된 것처럼 사랑, 인생, 관계, 일, 돈, 성공, 행복, 진리, 가치 등에 대해 생각해보게 되기 때문이다. 그러면서 새로운 세상에 눈뜨게 되고, 내가 살아온 삶을 확장하게 된다.

　그런데 글을 쓰는 일은 여기에서 한 단계 더 나아간다. 이제 내가 알아오던 것과 경험한 것을 모두 문장으로 쏟아내야 한다. 그러다 보니 그저 막연히 알고 있던 것들, 한 번도 제대로 명확하게 정의해보지 못했던 것들에 대해 생각해볼 수밖에 없다. 무엇보다 내 생각을 정리해야 하기에 내가 진짜 어떤 생각을 가진 사람이었는지 들여다보아야만 한다. 우리는 살면서 생각보다 나 자신과 만나는 일이 적기 때문에 나를 깊이 들여다보는 건 쉽지 않다. 우리의 민낯은 평소 우리가 생각했던 것보다 더 부끄럽고 오염투성이일 수 있기 때문이다. 그런 나를 들여다보고 미워하다 또 용서하고 다독여주고……. 그러다 칭찬하고 예뻐해주기까지는 오랜 시간이 걸린다. 그리고 그 과정

또한 녹록지 않다.

특히 상처투성이인 나의 면면을 발견할 때면 한숨이 절로 나온다. 그래서 책 쓰기는 가장 진실하면서도 어려운 자기계발이다. 우리는 대부분 거울을 밖으로 비추며 살아가지만, 글을 쓸 때만큼은 안으로 그 거울을 비추게 된다. 내 안에 무엇이 있는지, 내 상처는 무엇인지, 나의 탐욕과 이기심은 어떤 모양인지, 그것을 들여다보는 사람만이 상처를 다룰 수 있다. 그리고 그걸 직면하여 이겨내는 사람만이 어둠을 걷어내고 밝은 다음의 단계로 나아갈 수 있는 것이다.

《소크라테스 익스프레스》를 쓴 에릭 와이너는 니체의 발걸음을 따라 기차를 타고 여행하다 기차 안에서 이렇게 생각했다.

'어쩌면 고통은 좋은 삶의 필수요소일지도 모르겠다.'

참으로 우리의 삶에 잘 들어맞는 말이다. 밤이 어두울수록 별은 빛나며, 상처가 깊을수록 우리는 단단해지며, 터널이 길수록 하늘은 밝은 법이다. 고통 없이, 상처 없이, 인내의 시간 없이 우리 삶이 빛나리란 생각은 어쩌면 처음부터 잘못된 게 아닐까. 겸허하게 그 고통들을 받아들일 때 우리에겐 놀라운 선물이 주어질 것이다.

나와 한참 이야기를 나눈 끝에 그분은 다시 집필을 이어 나아가기로 하고 돌아갔다. 그리고 얼마 후 책이 나왔고, 베스트셀러가 되어 멋지게 강의하는 모습도 볼 수 있었다. 계약하던 날 함께 악수하며 나누었던 웃음과 감사의 말을 아직도 잊을 수 없다.

수많은 예술 작품은 보통 사람은 상상도 할 수 없는 예술가들의 고통과 인내의 시간 속에서 탄생했다. 늘 즐겁고 밝으며 삶에 아무 굴곡도 없이 행복한 사람은 예술 작품을 탄생시키기가 힘들다. 고통 속에서 그들은 남들과 다른 무언가를 보았고, 그 시간을 견디며 자신이 추구하는 어떤 예술의 고지에 다다랐을 것이기 때문이다. 글을 쓰면서도 마찬가지다. 자기만의 우울감, 상처, 고통과 수없이 맞부딪히며 우리는 나를 다시 알게 되고, 삶을 배운다. 나도 그랬다. 첫 책을 쓸 때, 두 번째 책을 쓸 때와 지금은 또 다르다. 지금은 또 다른 고통 속에서 몸부림친다. 그토록 오랫동안 많은 책을 읽고 철학을 공부했지만, 이 책을 쓰며 다시 일깨워보는 내 머릿속의 지혜와 지식은 아직도 내게 "많이 부족하다"하며 채찍질한다. 그 채찍이 얼마나 아픈지 그 누구도 알 수 없을 것이다.

그럼에도 나는 또다시 거울을 안으로 비추어 나의 아픈 면과 마주한다. 그리고 부족하지만 한 줄 한 줄 생각을 쏟아낸다. 니체는 말했다.

"모든 진실은 구불구불하다."

에릭 와이너의 말처럼 우리의 삶도 그러하다. 시간이 흐르면 지금의 순간을 어떤 말과 모양과 의미를 부여해 매끄럽게 포장하겠지만, 그저 지금 이 순간은 지그재그일 뿐이다. 내가 원하는 대로 그려지지 않을 것임에도 분명하다. 하지만 그런들 어떠한가. 이 순간을 이렇게 살아내지 못하고 후회하는 것보단 훨씬 나을 텐데.

이 책이 아주 대단한 예술 작품이 될 수는 없겠지만, 그분이 그랬듯 나 역시 포기하고 싶은 여러 순간을 견디며 한 걸음씩 앞으로 나아가고 있는 이 시간을 스스로 칭찬해주고 싶다. 이 깊은 밤이 지나고 더 짙은 어두움이 무르익을 때쯤, 나의 하늘에는 상상도 할 수 없을 만큼 빛나는 별이 가득 떠 있을 테니까.

나를 말리지 마세요

"절대 안 됩니다, 대표님!"

한때 회사에서 나는 사고뭉치로 통했다(지금도 그럴지 모르겠다). 나는 마음속에 어떤 결단이 서면 바로 밀어붙이고, 가만히 잘 있다가도 무언가에 꽂히면 반드시 그걸 시도해봐야 하는 사람이다. 그래서인지 회사에서 새로운 사업부를 만들거나, 새로운 일을 시도하는 걸 서슴지 않았다. 그러다 보니 우리 직원들은 늘 내게 가시 같은 존재였다. 내가 "오늘부터 이렇게 해보려고 합니다!"라고 폭탄선언을 하면 우리 직원들은 그렇게 하는 데 따르는 리스크가 무엇인지, 왜 그걸 하면 안 되는지에 대해 참으로 논리적으로 조목조목 잘 이야기해준다. 마치 기다렸다는 듯이. 사실, 생각해보면 내게 그런 사람들이 있었기에 여기까지 잘 왔는지도 모르겠다. 유비에게 제갈공명이 필요했듯 내가 우매한 결정을 내리고 나도 모르게 충동적으로 결정하여 일을 그르치지 않게 하는 데 그 사람들이 꼭 필요했을 테니 말이다. 그들이 나를 말려준 것도 감사하지만, 그보다 더 감사한 것은 따로 있다. 바로 나를 믿어준 일이다. 처음엔 뜯어말리던 일도 "일단 한번 해보시죠!" 하면서 나를 믿어주고, 결국 그 일이 실패로 돌아가더라도 서로 격려해주었다.

사업을 하는 사람이 다 그런 건 아니겠지만 대부분은 기본적으로 호기심이 많다. 그래서 사업가가 되는 게 아닌가 싶다.
'이걸 이렇게 만들어서 사람들에게 보여주면 어떻게 될까?'
'관심을 가질까?'
'이런 걸 한번 해보면 어떨까?'
사업은 단순히 물건이나 서비스를 파는 일을 넘어 고객을 만족시키는 모든 일을 포함한다. 그렇기에 새로운 아이디어를 계속 떠올리고 시장보다 좀 더 앞서가기 위해 노력하고 세상을 뒤집거나 혹은 고객을 만족시키기 위한 좀 더 편하고 좋은 서비스를 만들기 위해 계속 머리를 굴리는 것이다. 호기심이 없으면 이 모든 일은 불가능하다.
나 역시 이런 사업가의 기질이 있어서 늘 이런 생각을 한다.
'요즘 사람들은 무엇에 관심이 있을까?'
'현재 우리가 하는 사업에서 고객에게 더 필요한 건 뭘까?'

그러다가 어떤 아이디어에 꽂히면 '오! 이건 당장 한번 해봐야겠다!' 하게 되는 것이다. 게다가 성질이 급한 탓에 '해봐야겠다!' 하고 마음에 결단이 서면 누구보다 빨리 행동으로 옮긴다(항상 이게 문제가 된다).

10년도 더 된 일이지만, 나는 우리 회사가 출판을 직접 하진 못하더라도 우리가 소개해준 책이 베스트셀러가 되도록 하는 데 보탬이 되고 싶었다. 나는 책 제목을 짓는 것에도 소질이 있는 편이라 출판사 사장님들과 머리를 맞대고 함께 회의도 하고, 책의 콘셉트를 놓고 같이 의논도 많이 했다. 막상 그렇게 해서 책이 나왔는데 아무래도 우리가 관여할 수 있는 건 그게 한계다 보니, 때때로 책의 디자인이 썩 좋지 않아서 결과에 영향을 미치는 일도 있었다. 나는 강의할 때 사람들이 책을 사며 가장 먼저 보는 게 표지와 제목이라고 말하는데, 그건 사실이다. 우리는 우리의 얼굴과 체형에 잘 맞는 색깔과 모양의 옷을 입어야 태가 나듯, 책도 마찬가지다. 그 책의 콘셉트에 가장 잘 어울리고 독자들이 그 책에 기대하는 데 가장 부합하는 표지가 나와야 베스트셀러가 되는 데 유리하다.

그래서 나는 우리 회사에 디자인팀을 하나 만들어서 우리가 소개해준 책의 표지를 직접 디자인해주면 어떨까 하는 생각을 했다. 직원들은 역시나 "절대 안 된다!"고 반대했지만, 나는 고집을 꺾지 않았다. 그 팀이 엄청 잘되어 회사에 큰 이익을 가져다주리란 생각보다도(당연히 이익도 나야겠지만) 우리의 원래 고객인 출판사와 시너지가 잘 나서 더 많은 베스트셀러를 탄생시키면 좋겠다는 생각이 들었다.

"잘 안되면 어떡해요?"

"잘하는 디자이너를 섭외해서 해도 한두 명으로 안 될 테고, 수익이 나고 스타일이 갖춰지기까지는 시간이 많이 걸릴 텐데요."

"일이 꾸준히 들어오리란 법도 없구요."

여러 리스크가 있었다. 하지만 나는 항상 자유와 안정, 도전과 성공 중 어느 것을 선택하라고 하면 고민할 것도 없이 자유와 도전을 선택한다. 물론 안정적이고 늘 성공하는 가운데 있으면 몸은 편하고 좋겠지만, 가보지 못한 길에 대한 아쉬움이 남는다. 나는 그게 싫다. 벤자민 프랭클린은 이렇게 말했다.

"지금의 작은 안전을 위해 자유를 포기하는 사람은 둘 다 가질 권리가 없고 둘 다 잃게 될 것이다."

사업은 불안의 연속이라서 안정 추구는 사업을 하는 데 매우 중요한 덕목이다. 하지만 그것이 내게 1번은 아니다. 가끔은 '이렇게 하면 리스크가 클 텐데' 하고 고민에 빠지는 때도 많다. 하지만 단언컨대 나의 무모한 도전과 안정만을 추구하지 않는 열정이 나를 여기까지 데려다 놓았다고 확신한다. 그 모든 과정이 꿈을 실현하기 위해 벽돌 하나하나를 채워나가는 과정이라고 믿기 때문이다.

그래서 어떻게 되었냐고? 아쉽게도 디자인팀은 10년 동안 겨우겨우 버티다 결국 해산되었다. 직원들의 우려대로 고객의 만족감을 채워주는 데는 시간이 오래 걸렸고, 생각만큼 결과가 잘 나오지 않았다. 내가 오랜 시간 책을 다뤄오긴 했지만, '디자인'이라는 건 또 다른 생리를 가진 영역이었기 때문에 나의 이해도는 턱없이 낮았고 고객의 눈은 턱없이 높았다. 더불어 왜 그렇게 뜻대로 책 표지가 나오지 않는지도 이해하게 되었다. 개개인이 유능해도 팀워크가 좋지 않다면 결과가 좋게 나오지 않고, 여러 사람의 의견이 엇갈리면 결국 괴물 같은 결과물이 나오게 된다는 것도 알게 되었다. 하나하나 정리하다 보니 돈은 조금 잃었을지 몰라도 그 과정에서 내가 얻은 게 훨씬 많다는 걸 깨달았다.

로마는 하루아침에 이루어진 것이 아니다. 사람의 성공은 하루아침에 오지 않는다. 인류의 역사도 한순간에 일어나는 것이 아니다. 수많은 철학자의 고민이 인류의 삶을 더욱 깊이 있게 만들었고, 자신을 희생한 수많은 용사에 의해 역사는 쓰였다. 많은 예술가 덕분에 세상은 아름답고 풍요로워졌고, 무엇보다 그들의 수많은 실패의 발걸음이 오늘날의 역사를 빛나게 했다. 말 그대로 '벽돌을 하나하나' 쌓는 일은 꿈을 이뤄가는 데 당연한 과정이다. 그래서 나는 늘 말한다.

"나에게 실패는 없다. 과정만 있을 뿐이지."

사고뭉치인 나이기에 더욱 당당하게 말할 수 있는지도. 나는 어느 순간부터 직원들에게 "이번엔 나 말리지 마세요"라고 입버릇처럼 말하게 되었다. 그러면 직원들이 "이번엔 또 무슨 사고 치시게요?" 하고 묻는다. 우리는 함께 웃으며 더 이상의 말은 하지 않지만 속으로는 알고 있다. 이 일의 결과가 어떻다 하더라도 결코 우리의 꿈에서 멀어지는 것이 아님을 말이다. 벽돌의 크기와 관계없이 나는 오늘의 벽돌을 쌓는다. 두렵지 않느냐고? 그럴 리가. 나도 두렵다, 내가 오늘 또 무슨 사고를 칠지. 그러나 동시에 나는 또 알고 있다. 오늘의 이 무모한 벽돌 하나가 내가 꿈꾸는 세상의 큰 의미가 된다는 걸. 그래서 안락하고 편안한 오늘 대신, 아직 오진 않았지만 어쩐지 멋질 미래를 위해서 나는 그 안락함을 포기하련다. 프랑스의 사상가 베유가 그렇게 말하지 않았던가. "무언가에 온전한 관심을 기울이는 사람은 그의 노력이 눈에 보이는 결실을 맺지 못한다 할지라도 진전을 이룬 것이다"라고. 그러니 오오, 이런 나를 말리지 말기를.

오늘은 나에게, 내일은 너에게

언젠가 신기한 영상 하나를 본 적이 있다. 다리를 다친 영양 한 마리와 사자 한 마리가 나오는 영상이다. 사진작가 '요한'이라는 사람이 우연히 발견한 것인데, 막 식사를 마친 사자는 사냥할 생각도 없이 들판에서 쉬고 있다. 그때 다리를 다친 영양이 사자의 맞은편에 서서 사자를 물끄러미 응시하고 있다. 도망가야 마땅한 영양이 이대로 야생에서 더는 살아남기가 힘들다고 생각했는지 스스로 사자를 향해 저벅저벅 걸어간다. 그렇게 영양은 초연하게 사자의 먹이가 되어 죽음을 맞이한다.

이 장면에 대한 의견이 분분하지만, 야생에서 살아남지 못하게 될 바에야 사자의 먹잇감으로 의미 있는 죽음을 맞이하겠다고 결단한 영양이 사자 앞으로 다가가 초연하게 죽음을 맞이했다는 해석이 많다. 나도 두세 번 영상을 돌려보니 이 해석과 비슷한 생각에 이르렀다.

아직 죽음을 생각할 나이는 아니지만, 가족의 죽음, 지인의 죽음을 간접적으로 경험하면서 과연 '죽음이란 무엇일까'에 대해 생각하게 될 때가 있다. 한 에세이스트는 인도에 가서 죽음 체험을 하며 그렇게 울었다고 한다. 관 속에 들어가 누워서 실제로 죽음을 경험해보게 되는 과정인데, 더 이상 사랑하는 사람을 볼 수 없고, 좀 더 의미 있는 삶을 살지 못했으며, 이후 삶을 아무것도 알 수 없다는 생각에 많은 눈물을 흘렸다는 것이다. 아마 나 역시 관 속에 누워 있었다면, 답답하고 막막하고 막연한 생각에 눈물이 아니라 연신 한숨을 내쉬었을지도 모른다. 관에 들어가기 전 유서를 남기는 과정에서 대성통곡을 하며 우는 사람도 많다고 하는데, 이때는 주로 지나온 삶에 대한 아쉬움, 그리움 등이 주마등처럼 스쳐 지나가기 때문일 것이다.

이 세상에 가치를 매길 수 있는 죽음은 없을 것이다. 다리를 다치고 기꺼이 사자의 먹이가 되어준 영양처럼 자신이 가야 할 때를 정확히 아는 죽음을 맞이하기란 어려운 일이니까. 그저 아주 막연하게나마 죽음에 대해 생각할 때 적어도 내 삶이 끝난 후 나의 삶이 괜찮았다는 얘길 듣는 정도라면 만족할 것이라는 생각을 해본다. 그러나 여전히 죽음은 그 누구도 가보지 않은 길이라 막막하고 공포스러운 면이 있다. 나는 천국과 지옥을 믿는 사람이지만, 그 역시 성경에서 보았을 뿐 직접 경험해보지 못했으니 죽을 때 영과 육이 어떻게 분리되어 그다음 어떤 세계가 펼쳐질지 과연 어찌 알겠는가.

고대 철학자들은 "죽음에 대한 두려움을 떨쳐버리라"라고 가르쳤다. 죽음은 누구도 경험할 수 없고, 죽음 안에 그 어떤 나쁜 것도 있을 수 없으니 두려움을 버리라는 것이다. 플라톤, 키케로, 몽테뉴는 "철학을 한다는 것은 죽음을 학습하는 것이다"라고 말하며, 탄생 전 시간과 죽음 이후의 시간이 평행하다고 주장했다. 이 이론은 고대 이후 루크레티우스, 키케로, 세네카에 의해 전승된다.

특히 에피쿠로스는 '죽음은 우리와 아무 상관이 없다. 우리가 존재하는 한 죽음은 거기에 없으며, 죽음이 있을 때는 우리가 더 이상 존재하지 않기 때문이다'라고 메노이케우스에게 보낸 편지에 기록했다. 그는 죽음이란 무엇인지에 대한 본질을 이야기하기보다는 죽음을 대하는 우리의 마음을 이야기한다. 그는 죽음을 의식의 상실로 보았기 때문에, 죽음을 통해 영혼이 육을 떠나게 되는 것은 한 개인의 완전한 끝이라고 생각했다. 그래서 죽고 난 후 우리는 어떤 감각을 느낄 수도, 경험할 수도, 의식할 수도 없다. 나의 존재가 사라지는 것이다. 그러니 죽음이 우리와 무슨 상관이겠는가. 우리가 좋다 싫다, 기쁘다

슬프다고 느끼는 것은 모두 지각에 의한 것인데, 죽음은 이 지각이 끝나는 것이니 죽음 이후의 삶을 두려워할 필요가 없다고 주장한 것이 바로 에피쿠로스의 죽음과 관련한 철학이다.

또 플라톤은 죽음이란 영혼이 다른 곳으로 이주하는 일종의 여행이라고 말했다. 어디로 갈지는 모르지만, 또 다른 여행이 기다리고 있으니 기대해볼 수도 있을 것이라고. 고인이 된 영웅들과 대화하거나 진정한 재판관들을 만날 수도 있을 테니.

죽음이 모든 지각의 끝이든, 또 다른 세계로의 여행이든, 살아 있는 내가 정의할 건 아무것도 없다. 그러나 그게 무엇이든 '죽음이란 무엇인가?'라는 철학적 질문을 떠올릴 때마다 다짐하게 되는 것이 있다. 바로 '내 삶의 끝을 초연하게 받아들이자'는 것이다. 너무 많은 눈물도, 너무 과한 두려움도, 죽음이 내 앞에 다가왔다면 더는 내 몫이 아닌 것이다. 우리는 너무 자주 죽음에 대해 두려워하고, 아직 내 곁에 오지 않은 죽음을 미리 걱정하며 심할 때는 공황장애까지 앓으며 겁을 내기도 한다. 그러나 누가 알겠는가? 죽음이 무엇인지.

언젠가 희귀병을 앓던 일곱 살 소년의 편지가 실린 기사를 본 적이 있다. 늘 죽음을 생각하며 살아야 했던 소년은 죽기 전 사랑하는 사람들에게 마지막으로 편지를 남겼다. 어린 나이에 희귀병을 앓아야 했기에 또래들과 함께 놀이터에서 놀 수도 없고, 음식도 가려 먹어야 했고, 어느 순간부터는 시력은 물론 체력까지 모두 상실해 침대에 누워만 있어야 했다. 여덟 살이 채 되기 전에 세상을 떠난 소년은 자신의 블로그에 이렇게 글 한 편을 남겼다.

'안녕, 친구들. 이 편지를 읽고 있을 때쯤 난 천국에 있을 거야. 난 괜찮아. 왜냐하면 엄마가 내게 천국에 대해 모든 것을 이야기해줬고, 이곳에서는 모든 것을 할 수 있다고 얘기해줬거든. 천국에서 나는 미끄럼틀도 탈 수 있고 딸기와 컵케이크도 먹을 수 있어. 더 이상 몸에 갇혀 있지 않아도 돼서 행복해. 나는 지금 매우 자유롭고 모든 것을 할 수 있어. 모두가 그리울 거야. 안녕.'

소년은 마지막까지 결코 자신의 삶을 원망하고 불평하거나 포기하거나 울지 않았다고 한다. 그는 걸을 수 없게 됐을 때 기어서 움직이는 법을 배웠고, 몸이 많이 아픈 순간에도 늘 웃음을 잃지 않았다. 그는 아름답고 용감한 작은 소년이었다.

이 소년의 이야기를 보며 무엇보다 놀랐던 것은 바로 '죽음'을 받아들이는 아이의 마음이었다. 소년은 죽음에 대한 그 어떤 선입견도, 두려움도 갖지 않은 채 그저 초연하게 삶의 끝을 받아들였다. 남겨진 사람들이 자신 때문에 슬퍼하지 않도록 하기 위해서였을까. 아니면 플라톤이 말하는 또 다른 미지의 세계로 가서 새로운 삶을 살 수 있다는 사실을 이미 알고 기대하고 있었기 때문일까. 그게 무엇이든 늘 자신의 삶에 불평하며 언제 닥칠지 모르는 죽음을 두고 전전긍긍하며 우울하게 사는 어른들에게 큰 깨달음을 던져주는 일화다.

《라틴어 수업》이라는 책에 보면 'Hodie mihi, cras tibi(호디에 미기, 크라스 티비)'라는 라틴어가 소개된다. 이 말은 로마의 공동묘지에 새겨진 문장으로 직역하면 '오늘은 나에게, 내일은 너에게'가 된다. 이 말의 의미는, 오늘은 내가 관이 되어 들어왔고, 내일은 네가 관이 되어 들어올 테니 너의 죽음을 통해 나의 죽음을 생각하라는 것이다. 우리의 죽음은 과연 어떤 모습일까. 내가 죽은 후 나는 어떤 삶으로 기억될까. 일곱 살 소년이 그러했듯 결코 어떤 상황 앞에서도 포기하지 않고 긍정성을 잃지 않을 수 있을까. 그래서 죽음이라는 최대의 절망 앞에서도 삶을 비관하기보다 오히려 감사와 사랑으로 메시지를 남길 수 있을까. 남겨진 사람들을 위해 죽음 이후의 삶을 기대하며 감동을 남기고 떠날 수 있을까. 나는 나의 죽음을 진정 초연하게 받아들일 수 있을까.

　무엇도 장담할 수 없지만, 나는 어제의 타자(他者)에게서 죽음을 배운다. 사자 앞에 성큼성큼 걸어가 죽음을 맞이한 영양이 그러했고 일곱 살 소년이 그랬듯이 조금 더 초연해질 수 있기를. 조금은 더 가치 있는 삶이었다고 여길 수 있기를. 죽음이 지금 내가 보고 느끼는 이 모든 것의 끝이라 해도 슬픔보다는 기쁨이, 절망보다는 희망이, 아픔보다는 행복이 더욱 많았던 삶이라 기억될 수 있기를.

내가 기다리는 고도는?

일상이 바쁘면 가장 우선순위 뒤로 밀리는 일이 영화 보기, 산책하기, 낚시 등이다. 사실 하지 않아도 그만인 이런 일들은 막상 해보면 가장 큰 즐거움을 안겨주는 일이기도 하다. 시간을 일부러 빼기가 쉽지는 않았지만, 모처럼 지인과 함께 길을 나섰다. 한적한 곳에 낚시하러 가기로 한 것이다.

너무 인적이 드문 곳은 약간 무서운 것도 같아서 그래도 사람이 드문드문 보이는 곳을 향했다. 아직 가을이라 날씨가 선선해서 정말 좋았다. 때때로 불어오는 바람이 코끝을 상큼하게 해줬다. 나도 모르게 콧노래를 부르면서 주차장에 차를 대놓고 짐을 옮겼다.

모든 세팅을 마치고 낚시를 시작했는데, 처음 가졌던 기쁜 마음과는 달리 입질이 쉽게 오지 않아 약간 조급함이 생겼다.

거의 20년 만에 해보는 낚시라 내 실력이 낡아서인지 아니면 목을 잘못 잡아서인지……. 애타는 내 마음을 고기 요 녀석들은 아는지 모르는지 쉽게 나타나질 않는 것이다. 한참을 멍하니 기다리고 있자니 오래전에 보았던 황지우 시인의 시 한 편이 떠올랐다.

너를 기다리는 동안

네가 오기로 한 그 자리에
내가 미리 가 너를 기다리는 동안
다가오는 모든 발자국은
내 가슴에 쿵쿵거린다
바스락거리는 나뭇잎 하나도 다 내게 온다
기다려본 적이 있는 사람은 안다
세상에서 기다리는 일처럼 가슴 애리는 일 있을까
네가 오기로 한 그 자리, 내가 미리 와 있는 이곳에서
문을 열고 들어오는 모든 사람이
너였다가
너였다가, 너일 것이었다가
다시 문이 닫힌다
사랑하는 이여

오지 않는 너를 기다리며

마침내 나는 너에게 간다

아주 먼 데서 나는 너에게 가고

아주 오랜 세월을 다하여 너는 지금 오고 있다

아주 먼 데서 지금도 천천히 오고 있는 너를

너를 기다리는 동안 나도 가고 있다

남들이 열고 들어오는 문을 통해

내 가슴에 쿵쿵거리는 모든 발자국 따라

너를 기다리는 동안 나는 너에게 가고 있다

시란 참 신기하다. 학생이었을 때, 청춘이었을 때, 중년이 되었을 때 같은 시를 읽어도 느낌이 다르고 해석도 다르게 된다. 나는 단순히 붕어 몇 마리를 기다리고 있을 뿐이지만, 그 순간 이 시를 읊으면서 참 여러 생각이 들었다. 황지우 시인이 이 시를 통해 말한 '기다림'이란 삶을 통해 사랑하는 이를 기다리는 숭고한 마음일 것이며, 기다리는 마음이야말로 가슴이 쿵쿵거릴 정도의 뜨거운 마음일 것이라고 말하는 듯하다. 그리고 무엇보다 이 시에서 감동적인 구절은 '너를 기다리는 동안 나는 너에게 가고 있다'라는 부분이다. 누군가 혹은 무언가를 기다린다는 것은 꿈을 꾸는 일이며, 희망을 가지는 일이 아니던가. 그래서 무언가 혹은 누군가를 기다린다는 것은 그저 수동적으로 가만히 앉아 있는 것을 의미하지 않는다. 올지도 모르고 안 올지도 모르는 그 누군가를 향한 적극적인 마음으로, 기다림은 곧 그를 향해 가고 있는 발걸음일지도. 그렇게 생각하니 새삼 이 시가 더욱 가슴을 뜨겁게 했다.

노벨 문학상을 받은 작가 사무엘 베케트의 희곡 〈고도를 기다리며〉 역시 기다림의 미학을 그린 작품이다. 처음 이 작품을 읽었을 때 모두가 기다리는 '고도'란 무엇일까 의문을 가졌다. 그런데 이 작품은 끝내 그 고도가 무엇인지 혹은 누구인지에 대해 말하지 않는다. 그래서 이 작품은 더 많은 통찰을 안겨준다. 기다림의 끝은 무엇일까. 그것은 우리가 원하는 누군가를 만나는 일, 혹은 원했던 무언가를 손에 넣는 일일 수도 있고 반대일 수도 있다. 영영 오지 않을 누군가를 기다리다 허탈해지 거나 결국 원하는 걸 얻지 못해 낙심할 수도 있다. 그래서 무언가를 기다린다는 건 설렘과 가슴 졸임을 동시에 경험하는 일이다. 기다림을 곧 인내라고 하는 것은 그만큼 참고 견뎌야 하는 시간이 따르기 때문이다.

하지만 기다려본 사람만이 아는 게 있다. 긴 인내의 시간 끝에 다가온 결실은 어떤 말로도 형언할 수 없는 기쁨을 안겨준다. 그래서인지 희망을 갖고 기다리는 시간은 그 결과보다는 오히려 과정 속에서 더 큰 깨달음을 얻기도 한다. 우리 삶은 많은 기다림의 연속이며, 설령 내가 원하는 걸 얻지 못할지라도 인내로 말미암아 성숙해진 우리의 모습을 기대할 순 있을 것이다. 그래서 이 작품 속에서 '고도'란 아마도 희망이지 않았을까. 배가 고픈 사람에겐 빵이, 가난한 자에겐 돈이, 사랑을 갈망하는 이에겐 연인이 또 다른 이름의 '고도'였겠지. 우리 삶에 고도는 내일 올지, 다음에 올지 알 수 없지만 우리의 기다림이 끝나지 않는 이상 언젠가는 희망으로 다가올 것이다.

오랜 시간이 흐른 후에야 나는 붕어 한 마리를 잡았다. 얼마나 기쁜지 깊은 강 주변으로 메아리가 칠 정도로 "우와!" 하고 소리를 냈다. 멀리 있는 사람이 나를 쓱 한번 쳐다보았다. 마치 긴 가뭄 끝에 단비가 온 것처럼 한 마리의 작은 붕어가 이렇게 큰 기쁨이 될 수 있다니, 역시 인내의 열매는 달다는 생각이 들었다.

인생은 기다림의 연속이다. 어차피 기다려야 하는 삶이라면 내가 그 희망을 향해 적극적으로 걸어가는 사람이 되어보는 것도 나쁘지 않다. 기다리는 일 자체가 이미 그렇게 걸어가는 적극적인 발걸음이라고 하지 않던가. 그날 내내 잡은 건 고작 붕어 한 마리였지만, 나는 낚싯대를 던져놓고 한 손에 책을 들고 앉아 기다리던 그 시간이 얼마나 소중했는지 모른다. 내가 기다리는 것이 결국 붕어였는지, 아니면 그 시간이 가져다주는 힐링이었는지 정확히는 모르겠다. 하지만 붕어 한 마리를 강에 다시 놓아주고 집으로 돌아오는 길이 얼마나 상쾌하던지. 아마도 기다림의 결과보다는 기다림의 과정에서 얻은 것이 훨씬 많다는 걸 나는 이미 알았는지 모르겠다.

사람들은 '기다림'을 '미학'이라 표현한다. 아름다운 일이라는 뜻이다. 희망이란 당장 이루어지지 않기 때문에 더욱 가치 있는 것이지 않을까. 붙들고 있는 일만으로도 우리를 살게 만드는 것. 절망감이 들 때 우리를 버틸 수 있게 해주는 것. 그게 바로 희망이다. 희망을 향한 기다림은 우리의 삶을 설레게 해준다. 너를 기다리는 시간 동안 들리는 모든 소리, 보이는 모든 게 마치 너인 것처럼 가슴이 쿵쿵거리듯 희망을 기다리며 겪는 모든 일이 우리에게 설레는 일이 되기를. 때때로 힘든 일이 닥치더라도 결국 희망을 놓지 않고 기다린다면 우리 삶은 이미 아름다운 것임을 기억하길.

무모한 도전자들이 만든
풍요로운 세상

언젠가 '크리스마스트리를 언제 치워야 하느냐?'라는 주제로 직원들과 이야기를 나눈 적이 있다. 누구는 "크리스마스 지나면 바로요"라고 했고, 누구는 "이월까지 두면 좋겠어요. 예쁘잖아요. 분위기도 좋고"라고 했고, 또 누구는 "그 중간인 일월 중순쯤이 좋겠네요. 약간 아쉬운 마음으로 다가올 크리스마스를 기다릴 수 있으니까"라고 했다. 그중에서도 가장 재밌는 대답은 "그냥 일 년 내내 두시죠"였다. 내가 "왜요?"라고 물으니 그는 "귀찮잖아요. 다시 만드는 것도, 치우는 것도"라고 대답해서 웃음을 자아냈다.

해마다 12월이 되면 거리이며 건물 안이며 집안이며 크리스마스트리가 놓인다. 우리 회사도 12월 초가 되면 옹기종기 모여 크리스마스트리를 장식한다. 아기자기한 장식물들을 달다가 내가 문득 물었다.

"크리스마스트리가 어떻게 탄생한 건지 아세요?"

그러자 모두 고개를 갸웃했다. 크리스마스트리가 어떻게 탄생했는지를 이야기하는 데는 몇 가지 설이 있는데, 그중 가장 유명한 것은 영국에서 태어나 독일에서 전도 활동을 한 성 보니파티우스에 관한 이야기다. 당시 게르만족들은 해마다 숲속의 전나무 앞에다 제물로 사람을 잡아다 바쳤는데, 이를 본 보니파티우스가 "이건 옳지 않다!"라고 하며 나무를 베어버림으로써 사람들을 구했다. 보니파티우스의 행동으로 말미암아 나라에 재앙이 닥칠까 봐 사람들은 두려웠다. 하지만 아무 일도 일어나지 않았고, 이 상황에 놀란 사람들은 그때부터 나무에 모여 예배를 보는 관습이 생겼는데, 이로써 크리스마스트리에 장식하는 풍습이 생겨났다는 것이다.

또 하나의 설은 종교개혁자 마틴 루터에 관한 이야기다. 크리스마스가 다가오던 어느 날 마틴 루터는 눈길을 달려 집으로 돌아가던 중 길에서 하얀 눈이 소복이 쌓인 상록수를 보게 되었다. 별빛 아래 상록수가 있는 모습이 얼마나 아름다운지, 그 모습을 잊을 수가 없었다. 끝이 뾰족한 상록수가 마치 하늘의 하나님께로 향하는 것으로 보여 더욱 감동받았다. 그는 '이 아름다운 것을 다른 사람들과 공유할 수 없을까?'라고 생각해 상록수를 집으로 가져오기로 했다. 그는 꼭대기에 별도 달고 십자가도 붙이고 별과 촛불도 달아 장식했다. 이게 오늘날 크리스마스트리의 시초가 된 것이다.

마틴 루터가 상록수를 집에 세울 때만 해도 그것이 크리스마스의 상징물이 되어, 오늘날 사람들에게 큰 기쁨을 주리라고는 상상도 하지 못했을 것이다. 우리나라에는 19세기 말 20세기 초에 걸쳐 미국 개신교 선교사들에 의해 트리 풍습이 전해졌는데, 그날 밤 마틴 루터가 상록수를 보며 '저건 그냥 상록수일 뿐이야' 하고 지나쳤다면, 오늘날의 우리는 크리스마스트리의 아름다움을 만끽하지 못했을지 모른다.

성 보니파티우스의 이야기도 재밌지만, 마틴 루터의 이야기를 들여다보면서 나는 큰 감동을 받았다. 이렇게 무모한 시도나 뜬금없는 발상을 한 사람들 때문에 우리가 이토록 풍요로운 세상에 살고 있구나, 하는 생각 때문이다. 누군가의 새로운 사고와 무모한 생각, 도전이 풍성한 세상은 우리에게 예쁜 것들을 선물처럼 가져다주는 게 아닐까. 그리고 이 선물은 바로 그들의 '용기'로부터 비롯된다. 즉, 창의적 발상과 도전에는 언제나 용기라는 무기가 필요하다는 뜻이다. 우리는 보통 머릿속으로 생각만 하다 빈번히 실행으로 옮기지 못한다. '이게 될까?', '괜찮을까?', '안되면 어쩌지?' 하며 주저하다가 그냥 흘려보내고 마는 것이다.

미국 미네소타대학교 폴 토랜스 박사는 자신이 쓴 책《창의성의 철학》에서 창의적인 사람들의 공통점이 바로 '용기'라고 했다. 우리는 흔히 '천재'란 타고나는 재주만을 가지고 성공한 사람을 의미한다고 생각하지만 그렇지 않다. 비범한 재주를 타고난 사람이 천재인 건 맞지만, 그들이 주목받는 건 창의성으로 새로운 이론이나 사물을 탄생시키고, 그로 말미암아 우리의 삶을 완전히 바꾸어놓기 때문이다. 에디슨이나 스티브 잡스가 그랬던 것처럼. 심리학자 매슬로의 말처럼 '창의성이 모든 인간 본성에 내재한 기본적 특성'이라면 우리는 왜 창의적인 천재가 되지 못하는 걸까. 그건 바로 자신의 선입견에 사로잡혀 스스로 한계를 만들거나, 새로운 것에 도전하고 부딪혀 실현해내는 용기가 부족하기 때문이다.

아마 내가 마틴 루터와 같은 차에 타고 있었다면 "아유, 형님. 지금 이 시간에 눈도 오는데 무슨 나무를 베어 갑니까. 그냥 집에 가시죠"라고 했을 가능성이 크다(물론 나도 종종 엉뚱한 생각을 잘하기 때문에 어쩌면 "오! 그럴까요?"라고 했을 수도 있다). 새로운 것을 시도하는 데에는 언제나 심리적 부담이 따르고, 무모함이 발휘되어야 하며, 다른 사람의 손가락질을 받을 각오도 종종 필요하다. 무엇보다 내가 가진 선입견을 뛰어넘는 용기가 필요하다. 사실, 나는 새로운 사업에 뛰어들 때마다(사람들은 내가 원래부터 그렇게 무모한지 알지만) 실은 기존에 내가 갖고 있던 선입견의 벽을 허물기 위한 노력을 무수히 한다.

"그냥 자아를 버리자. 죽었다고 생각하고 해보지, 뭐."

이렇게 할 때가 한두 번이 아니다. 그러니 전구를 만들기 위해 1,000번이 넘는 실험을 거듭했던 에디슨이나, 수많은 손가락질과 비웃음을 받으면서도 하늘을 날겠다고 도전했던 라이트 형제는 오죽했을까. 얼마나 강한 자기 확신과 의지, 용기가 필요했을까. 아마도 모든 사람이 옳다고 하는 것을 거부하고, 모두가 익숙한 걸 뚫고 나오려는 용기가 필요했을 것이다. 그리고 흔들리지 않는 의지로 계속 무모한 도전을 이어갔을 것이다.

모든 선입견을 이겨내고 비로소 그 속에 발을 담가보면 새로운 세계가 열린다는 것을 깨닫게 된다. 그래서 나는 사업을 할 때마다 '그래도 이걸 해보길 잘했어' 하며 나 자신이 성장하는 것을 볼 때가 많다. 새로운 일에 도전하는 것도 창의성을 발휘해야만 가능한 일이다. 창의성을 발휘한다는 건 용기를 내는 일이며, 용기를 낸다는 건 절대 익숙한 것에 굴하지 않겠다는 나 자신과의 약속이다. 그걸 습관으로 만들고 실행으로 옮길 때 비로소 새로운 것이 발견되고 탄생된다. 방에 불을 켜고 컴퓨터를 켜서 글을 쓰며 커피 대신 차를 마시고 블루투스 스피커로 음악을 듣는 이 순간, 수많은 천재의 도전에 감사의 마음을 표해본다. '그들이 없었다면' 하는 건 상상도 할 수 없을 만큼 이 순간이 너무 달콤하기에.

정도를 지키는 욕심쟁이

세상엔 정답이 있을까? 정답이 있다면 과연 그 정답은 무엇이며 누가 답을 정하는 것인가? 시간의 시작과 끝이 없듯이 만물은 시대 상황에 따라 달라진다. 어제의 정답이 오늘은 아닐 수 있고, 오늘의 아님이 내일은 정답이 될 수도 있는 것이다.

우리 회사에서도 가끔 직원들과 의견 차이로 옳고 그름에 충돌할 때가 있다. 한번은 어느 중년의 남자로부터 전화가 왔다.

"저는 중국에서 온 누구인데요. A 저자님의 소개를 받고 엔터스코리아로 가는 중입니다. 혹, 지금 미팅이 가능할까요?"

마침 미팅 약속도 없고 해서 가능하다고 했다. 30분 후에 그분을 만나게 되었고 인사를 나누면서 무슨 일로 오셨는지 여쭈어보았다. 그분은 중국에서 왔고 중국 10대 그룹에 속하는 회장님의 지시로 한국에 오게 되었다고 했다. 용건은 한국에서 출간된 A 저자의 책을 계약하고 싶다는 것이었다. 그러면서 이 책은 자신의 회사에서 전략적으로 홍보하여 책을 많이 팔고 싶다고 했다.

사실, 그 당시 송중기와 송혜교가 주연을 맡은 드라마 〈태양의 후예〉가 한국과 중국에서 한창 인기를 누릴 때였다. A 저자의 책은 한국에서 유명한 연예인들의 성공 스토리는 물론 송중기가 오늘날 어떻게 톱스타가 되었는지에 대한 이야기가 함께 들어 있었다. 그러니 이 책을 꼭 출간하고 싶다고 생각했던 것 같다. 하지만 문제가 있었다. 이미 그 책은 며칠 전 중국의 한 출판사와 계약이 성사되어 최종 사인까지 마친 상태였다.

"아쉽지만 계약이 완료되었습니다."

정중하게 얘기했지만 그분은 내 말을 듣지도 않고, 무조건 계약하고 가야 한다고 우겼다. 한참 대화를 주고받던 끝에 어쩔 수 없이 저작권을 수출한 담당자를 불러 그분들과 인사를 시키고 자초지종을 설명하고 도울 방법이 없는지 물어보았다.

"안 됩니다, 대표님."

예상대로 담당자는 단호히 불가하다고 거절했다. 그 순간 중국에서 오신 분은 "그럼 계약한 출판사와 취소하고 다시 우리와 계약을 하면 계약 불이행에 대한 위약금은 세 배로 지불하겠습니다. 서로 피해를 보지 않아야 하니 그에 상응하는 책임을 지겠다는 뜻입니다"라고 말했다.

　참고로 이미 계약된 것을 위약금으로 3배나 지불하면서 다시 계약하는 경우는 전 세계 어디에도 없다. 얼마나 하고 싶었으면 이렇게까지 매달릴까 생각하니 나도 모르게 안쓰러웠다. 그래서 나는 담당 직원에게 계약이라는 것은 성사되었다가 불가피하게 파기되기도 하지 않느냐며 설득했다. 그리고 이분들은 계약한 당사자에게 충분한 위약금을 지불한다고 하니 성가시겠지만 중국 출판사에 자초지종을 설명하고 한번 타진해보는 것은 어떻겠느냐고 조심스럽게 말을 꺼내었다. 그럼에도 만약 계약한 쪽에서 계약 파기가 불가하다고 한다면 어쩔 수 없이 자신들은 포기하겠다고 했다.

　그렇게 일단락이 되고 다음 날 상쾌한 기분으로 출근했다. 오전이 지나고 점심시간이 끝나자마자 어제 그 담당 직원이 내 방으로 노크하고 들어와서 나에게 살며시 흰 봉투를 내미는 것이었다. 순간 나는 불길한 예감이 들었다.

"뭔가요?"

"사직서입니다."

나는 어안이 벙벙해져 물었다.

"왜 갑자기 사직서를 낸 거죠?"

"어제 저에게 요구한 계약 파기를 계속 진행해달라고 한다면 저는 더 이상 여기서 근무할 의미가 없습니다."

그 짧은 순간에도 온갖 생각이 내 뇌리에서 떠나지 않았다.

"근무할 의미가 없다는 것은 무슨 뜻이죠?"

"저는 한 번 계약된 것은 상호 합의 이행이라고 생각합니다. 어디까지나 계약은 계약이기 때문에 천재지변이 아닌 이상 그 계약은 유효하고 반드시 지켜야 한다고 생각합니다."

순간 화가 치밀어 올라 이렇게 말했다.

"아니, ○○ 씨는 어떻게 본인 생각만 옳다고 주장하세요? 물론 ○○ 씨가 생각하는 객관적이고 보편타당한 가치관 존중합니다. 하지만 인생에 완벽한 정답이 있나요? 어떻게 보면 정답이 없는 게 정답이 아닌가요? 다시 한번 생각해보고 그래도 ○○ 씨의 판단이 옳다고 생각한다면 ○○ 씨가 하고 싶은 대로 하세요."

그렇게 직원이 나간 다음 좀처럼 일이 손에 잡히지 않아 밖으로 나왔다. 그리고 조용한 카페에서 차를 시켜놓고 곰곰이 생각해보았다. '도대체 내가 뭘 잘못했지? 너무 무리한 요구를 했나? 아님 내가 모르는 무언가가 또 있나?' 하는 별별 생각이 꼬리를 물었다. 나도 사람인지라 그날 하루는 굉장히 불편했다. 격앙된 감정을 가라앉히고 어디서부터 무엇이 어떻게 잘못되었는지, 꼼꼼히 따져보았다. 그 책은 이미 계약이 되었고, 갑자기 새로운 사람이 나타나서 위약금은 물론이고 기존의 금액

보다 훨씬 더 높은 저작권료를 지불한다고 했고…….

'그래, 맞아. 바로 이거였구나!'

더 많은 저작권료를 주겠다는 말에 내가 잠시 현혹되어 '정도'를 잃었다! 나의 첫 번째 경영철학은 '정도경영'이지 않던가. 갑자기 부끄러운 마음에 후회가 밀려왔다. 냉정하게 생각해보면 직원 말이 맞다. 어쩌면 나의 욕심에서 빚어진 결과였는지도 모른다. 당장 회사 이익을 생각하면 계약을 파기하고 새로운 곳으로 계약을 하면 훨씬 더 높은 수익을 올릴 수 있어 좋겠지만 직원은 오히려 소탐대실이 되어 외국 출판사와의 관계가 서먹해지고 신뢰를 잃을 수 있다는 생각에서 완곡하게 말하지는 않았을까? 세상엔 정답이 없지만 적어도 최소한의 진리값은 있지 않은가? 정도경영의 제1원칙을 추구하는 사람으로서 보편적 가치, 객관적 진리를 찾아가야 하는 내가 깊이 있게 생각해보지도 않고 경솔하게 속단한 것에 부끄러움을 떠나 수치심마저 들었다.

결국, 기존에 계약했던 곳과 계약을 유지하기로 결정했다.

아리스토텔레스는 이렇게 주장했다. "사물에는 네 가지 존재 이유가 있다. 첫 번째는 '질료인'이고 두 번째는 '형상인'이며 세 번째가 '작용인', 네 번째가 '목적인'이다"라고. 책상이라는 대상을 예로 한번 설명해보자. 질료인으로 살펴본다면 '책상은 무엇으로 만들어졌나?'이고 그 대답은 책상을 만드는 데 필요한 재료로 말미암아서다. 그럼 형상인은 무엇일까? 왜 그런 형태를 하고 있는가? 누군가가 디자인하지 않았을까? 목수가 설계한 디자인, 그것이 형상인이라고 할 수 있다. 그럼 작용인은 무엇일까? 목수가 질료(재료)와 형상(디자인)을 결합시켜 만든 것이 작용인이다. 네 번째 목적인으로 본다면, 우리가 무엇 때문에 책상을 사용하는가에 해당한다. 그 답은 바로 책을 펼쳐 놓고 공부하기 위해서다. 이게 목적인이다. 이런 식으로 사물이 왜 존재하는가에 대해서 다양한 의견이 나올 수 있다.

여기에서 아리스토텔레스의 네 가지 원인론을 우리 삶에 적용해보면 어떨까? 컵이 존재하는 이유는 물을 마시기 위해서고 의자가 존재하는 이유는 사람들이 앉기 위해서다. 그럼 과연 기업은 무엇을 위해 존재하는가? 그것은 바로 이윤 창출이다. 이윤이 창출되지 않으면 기업이 존재할 이유가 없다. 그렇다면 이윤 창출은 어디서 나오는가? 한 사람, 한 사람의 시간과 능력을 투자해서 고객의 가치를 높임으로써 이윤이 발생하는 것이다. 그렇지 않으면 잉여인간으로 살아가는 존재가 된다. 그렇다고 해서 이윤에 눈이 멀어 도덕관념도 없이 모든 수단을 동원하여 이윤을 내는 데만 집중해서야 되겠는가? 그것은 도덕성이 결여되었다고 봐야 한다. 어떤 기업이든 적어도 윤리적 틀은 필요하다고 생각한다. 잘못하면 인간의 도리를 저

버리는 야만인이 될 수도 있다.

그러고 보면 우리 직원이 한 행동은 도덕적으로 지킬 건 지킨다는 칸트의 '정언명령'을 실천한 것이다. '정언명령'이란 도덕적이고 보편타당한 준칙은 반드시 행해야 한다는 양심의 명령이다. 내가 회사의 경영 원칙을 정도라고 말해놓고도 이윤 창출이라는 목적 때문에 그 가치를 잠시 잊었던 것처럼, 인간은 불완전한 존재이기에 언제나 이렇게 크고 작은 실수와 실패를 경험하게 된다. 사실, 이 일은 지금에서야 이렇게 말할 수 있지만 당시엔 매우 큰 쓰라림이었다.

사업을 하는 사람에게 '욕심'은 필수다. 적당히 가져도 충분히 만족할 수 있다면 직장생활이나 아르바이트로도 충분한 세상이 되었다. 하지만 사업을 하는 사람들은 수시로 닥치는 어려움을 극복하고 문제를 해결하며, 많은 사람의 생계를 책임지면서까지 그 일을 하려 한다. '사장의 운명'이란 정해진 건 아니지만 적어도 '돈'을 벌겠다는 생각이 강하지 않으면 절대 할 수 없다. 그런 사람은 그저 자선사업이나 하면 된다. 철저한 이윤 추구는 사업가가 가져야 할 절대적이고도 기본적인 원칙이다. 그러나 '정도'라는 건 그 이윤 추구의 가치에 균형을 잡아준다. 욕심쟁이인 사장이지만 정도를 지켜 최대한 많은 사람이 이익을 보고, 윤리와 도덕에 최대한 어긋나지 않게 하는 것. 그것은 매우 중요한 사업가의 자질이다. 그걸 지켜나가는 건 영원한 숙제라고 말할 정도로 어려운 것이지만, 작은 이윤에 자주 흔들린다면 멀리 보는 연습을 하고 정도를 위한 마음공부를 해야 한다. 그래서 우리에겐 철학이 필요한 것일지 모른다.

언젠가 지네에 독이 있는 줄 모르고 삼켜서 지네를 먹다 죽은 뱀 사진을 본 적이 있다. 몇백 년에 하나 나올까 말까 한 매우 희귀한 사진으로 동물 역사에 큰 도움이 되는 사진이라는 설명도 함께 보았다. 우리는 마음만 먹으면 수단과 방법을 가리지 않고 나의 이익을 위해 어떤 결정이든 내릴 수 있다. 그러나 내가 정도를 지키는 것은 곧 나 자신을 하나의 인간으로서 지키기 위함이다. 눈앞의 이익을 위해 덥석 문 것 속에 독이 있을지 어떻게 아는가. 욕심은 잘못이 없다. 욕심을 부리는 인간의 판단에 잘못이 있을 뿐. 나는 앞으로도 꽤 오랫동안 사업을 이어가겠지만, 역사에 남을 사진을 남기고 싶지는 않다. 내 배를 불리겠다고 독이 있는 지네를 물고 싶지는 않다는 뜻이다. 정도를 지키는 건 언제나 어려운 일이지만, 카페에서의 사색은 부끄러운 나의 행동을 돌아보는 작은 정원이 되어주었다. 그렇게 철학적으로, 내가 아는 것을 내 삶으로 가져오는 지성인의 발걸음을 잊지만 않는다면 내일의 삶은 조금은 더 성장하고 아름다워지지 않을까.

관계의
법칙

말이 가진 힘은 일상을 충분히 바꿔놓는다. 옆자리에 앉은 사람에게 "오늘도 힘내세요"라고 말한다면, 문득 가족 중 누군가에게 전화를 걸어 "힘내!"라고 한다면, 작은 친절을 베푼 사람에게 "정말 고마워요"라고 말해준다면, 말하는 나도 행복감을 느끼지만 그 말을 받는 사람들의 하루는 그전과는 분명 다른 하루가 될 것이다.

너도 옳고 나도 옳고,
너도 틀리고 나도 틀렸다

헬스장에서 한 중년 여성이 러닝머신을 뛰고 있다. 그때 신나는 음악이 나오자 리듬에 맞춰 춤을 추며 달리기한다. 그 모습을 본 한 젊은 남자가 옆에 있는 형에게 말한다.

"형, 저 아줌마 봐. 약간 맛이 갔어."

그런데 비슷한 나이의 외국 여성이 러닝머신을 뛰며 음악에 맞춰 춤을 추고 있는 모습을 본 남자는 이렇게 말한다.

"오, 역시. 서양 사람들은 섹시하고 자유분방하다니까. 리듬 좀 타는데?"

왜 똑같은 상황에서 이렇게 다른 생각이 나오는 걸까? 과연 어떤 것이 맞고 어떤 것이 틀릴까? 정답이 있긴 한 걸까?

나는 한때 '푸코'의 '정상, 비정상'과 관련한 공부를 하면서 세상을 바라보는 관점이 완전히 바뀌는 경험을 했다. 아마도 그 시기의 나는 무척이나 혼돈의 상태 속에 있었던 것 같다. 길을 걷다가도, 회의하다가도, 사람들과 대화를 나누다가도, 밥을 먹다가도, TV를 보다가도, 책을 읽다가도 '과연 이게 맞을까?', '이때 드는 나의 이 생각은 정상일까, 비정상일까?', '혹시 내가 하는 이 생각이 지배적 정상과 질서 관념 속에 갇혀 있는 건 아닐까?' 하는 생각에 사로잡혔기 때문이다. 내가 워낙 무엇 하나에 꽂히면 과하다 싶을 정도로 그것에 몰입해 있는 건 사실이다. 철학을 공부하는 동안(아직도 갈 길이 멀었지만) 이해가 안 되면 될 때까지 밑줄을 긋고 또 그으며 공부하고, 같은 내용의 강의를 열 번이고 스무 번이고 반복해 듣곤 했다. 특히 푸코의 철학을 공부할 때는 그 증상이 심했다. 이는 일상에서 내가 생각해오던 것들이 뒤집히는 시간이었고, 그리하여 내가 갖고 있던 많은 선입견이나 편협한 생각을 내려놓는 시간이 되었기 때문이다.

사람은 누구나 자기만의 '옳음'이 있고 그것이 항상 '상식적'이라고 우기기 마련이기에 그걸 바꾸기란 참 힘들다. 어떨 때는 녹색 옷을 눈앞에 두고 "이건 녹색 옷이야"라고 하는데 상대방이 "아니, 갈색에 가깝지"라고 우기면 정말 황당해하면서도, 상대방이 지지 않고 끝까지 "갈색이라니까!"라고 하면 어쩐지 갈색으로 보이면서 '내가 이상한가?' 하는 의구심이 들기도 할 정도니까. 그래도 나는 기어드는 목소리로 "녹색 같은데……"라고 하지만 그쯤 되면 진짜 정답이 무엇인지 갑자기 알 수가 없다. 그만큼 사람들은 자기 생각이 옳고, 자신이 하는 생각이 정상이며, 그게 상식적이라고 생각한다는 것이다. 한국 사람들은 유난히 "길 지나가는 사람에게 물어봐! 누가 이상한지!" 하는 말을 많이 한다. 보편성을 중시하고 다양한 관점의 해석을 지양하는 경향도 매우 짙은 게 사실이다. 지금은 많이 나아졌지만, 천편일률적인 모습으로 학교에 다니며 우리가 받아온 교육을 생각해보면 그리 놀랄 일도 아니다. 주관식보다는 객관식 문제를 풀며 우리는 모두가 똑같은 관점을 가지고 생각하기를 연습해온 것이나 다름없으니 말이다.

뒤에서 한 번 더 이야기하겠지만, 내가 이렇게 나이 들어서가 아니라 학교 다닐 때부터 진작 철학을, 또 인문학을 공부했더라면 어땠을까 생각해본다. 아마도 세상과 사람을 바라보는 나의 관점은 정말 많이 바뀌지 않았을까 싶다. 나도 한때는 어떤 한 가지 현상을 바라보며 한 가지 해석만 했고 그것만 옳다고 믿을 때가 있었다. 그리고 고집도 센 탓에 쉽게 그 관점을 바꾸지 못했다. 그러다 보니 그로 말미암아 본의 아니게 상처 받은 주변 사람도 많았을 것이다.

아는 만큼 보인다는 말은 어찌나 진실한 명제인지, 나는 실제로 독서하면서부터 하나의 현상은 꼭 하나로 해석될 수 없다는 것, 그리고 내가 하는 이 생각만이 결코 옳은 게 아니라는 것을 깨우치게 되었다. 그러고 나니 사람들이 가진 다양한 생각이 들리고 보이며 세상이 더욱 풍성해짐을 느꼈다. 똑같은 귤 하나를 까서 먹어도, 둘러앉은 사람들의 반응은 얼마나 제각각인가. 내가 "오우, 이번 귤 너무 덜 익었다. 너무 시지 않아?"라고 하면 어떤 사람은 "아니요, 딱 적당하고 상큼해요"라고 한다. 또 어떤 이는 "너무 심심하고 아무 맛도 없는데?"라고 하기도 한다. 예전 같으면 '뭐야, 입맛이 어떻게 됐나?'라고 생각했을 법도 한데 전혀 그런 생각이 들지 않는다. 그저 재밌는 거다. 같은 장소에서 같은 것을 보고, 듣고, 먹고, 경험해도 전혀 다른 생각을 할 수 있다는 게 말이다. 한 사람 한 사람 우리는 모두 생긴 것도 다르고 살아온 환경도 다르고 가진 유전자도 하나하나 다 다른데, 그 생각이 어떻게 같을 수 있겠는가.

그러나 안타깝게도 사람들은 하나의 해석을 올바른 해석이자 진실한 해석, 아름다운 해석이라고 설정해놓고 나머지 해석들은 진실하지 못하고 올바르지 못하다고 한다. 한마디로 이게 질서고 이게 무질서라고 임의로 설정한다는 것이다. 하지만 푸코는 말한다.

"사람들이 말하는 질서와 정상은 무한히 다양한 해석 중 하나인데, 왜 그 해석만이 정상이자 질서라고 생각하는가?"

그게 지배적 정상, 지배적 질서이기 때문이라는 것이다. 즉,

지배적인 정상과 질서가 아닌 것은 비정상이자 무질서가 된다. 푸코는 그 시대에 지배적인 정상과 질서가 기존의 지배적 정상과 질서 관념을 몰아내면서 유일하고 보편적인 정상이자 질서로 설정된다고 보았다. 그와 동시에 지배적 해석과는 다른 모든 해석을 무질서와 비정상으로 낙인찍고 딱지 붙이는 과정이 이루어진다는 것이다. 그렇기에 푸코의 세계에는 비정상이 없다. 무질서도 없다. 그저 정상이 비정상과 무질서라고 딱지를 붙였을 뿐이다.

그러니 우리는 다 정상이다. 아니, 이 '정상'이라는 말도 실은 비정상적인 말이다. 비정상이 없는 세상이라면 정상이라는 말도 필요 없을 테니 말이다. 이 사실을 받아들이게 된다면, 정상이라는 기준을 정하고 거기에 못 미치는 나 자신을 비하할 필요도 없고, 이 기준과 다른 상대를 보며 비난할 필요도 없어진다. 손가락이 여섯 개인 사람도 정상, 네 개인 사람도 정상인 세상, 우리는 그런 세상에 살고 있다. 푸코는 나를 생각의 자유에 한 뼘 더 다가서게 만들었다. 괜시리 부족한 나의 면면들로 말미암아 다른 대상과 비교하며 무너지곤 했던 자존감이 한층 높아지고, 나도 모르게 일률적 관점으로 상대를 평가하던 버릇에서 멀어지게 되었다.

헬스장에서 춤을 추는 아주머니를 보며 "귀엽다"라고 할 수도 있고 "꼴불견이야"라고 할 수도 있다. 그러나 그것이 '틀렸다'거나 '옳다'는 건 없다. 정상과 비정상이 존재하지 않는 세상에선 우리는 모두 옳으니까. 그 세상 속에 누군가의 틀림을 논한다면 그 순간 우리는 모두 틀리게 된다는 걸 잊지 말자. 참고로 헬스장에서 춤을 추는 아주머니를 본다면 나는 이렇게 생각할 것이다. '저 자유로운 용기가 정말 부럽다'라고.

변명도 설명도
단순하고 깔끔하게

나는 시간 약속을 잘 지키는 편이다. 더 일찍 가서 기다리는 것도 상대에게 부담을 줄 것 같고, 늦으면 실례가 될 것 같아 웬만하면 거의 정시에 가서 기다리거나 약간 일찍 가서 말없이 약속된 시간을 기다리곤 한다. 하지만 나도 사람인지라 가끔은 깜빡해서 시간을 어기기도 하고, 또 어쩔 수 없는 사정으로 시간이 많이 지난 후 약속 장소에 도착하기도 한다. 서울에 살다 보면 아무리 예측을 잘해도 교통 체증이라는 변수 때문에 속수무책이 되기도 한다. 한번은 책 쓰기 강의의 종강식이 있는 날이었는데, 그날 종강식에 참여하지 못한 적이 있다. 한 주 동안 정신없는 시간을 보내는 와중에도 '이번 주엔 종강식이 있지' 하면서 스케줄러에도 메모해두고 알람까지 맞춰놨음에도 너무 피곤했는지 늦잠을 자버린 것이다. 종강식에 대해선 까마득히 잊은 채 느지막하게 일어나 따뜻한 물한 컵을 마시며 정신을 차리고 있는데 강사에게 전화가 왔다.

"대표님, 어디쯤 오셨어요?"

그제야 머리에 천둥이 꽝 울렸고, 하마터면 물컵을 떨어뜨릴 뻔했다. 이런저런 핑곗거리를 대거나 피치 못할 사정이 있다며 둘러댈 수도 있었겠지만, 거짓말을 못 하는 성격인 데다 어설픈 변명을 늘어놓으면 오히려 마이너스가 될 것 같아 짧은 순간 '솔직함'을 선택했다.

"저, 늦잠을 자버렸어요. 어쩌지요? 정말 죄송합니다."

예상치 못한 나의 답변이었는지 강사는 잠시 웃더니 다음번에 다시 약속을 잡자고 말하고는 전화를 끊었다. 다행히 모두 양해해주었고, 그 시간 준비를 해서 뒤늦게 가는 것이 수강생들에겐 더 피해를 주는 꼴이 될 듯하여 그 일은 그렇게 수습했다. 그러고는 다음번에 만나 식사를 나누며 다시 한번 사과를 했고, 이후로 그런 일은 더이상 일어나지 않았다.

살다 보면 어디 이런 실수뿐이랴. 제아무리 완벽하게 일정을 소화하는 사람이라 하더라도 실수는 하기 마련이다. 하지만 언제나 문제는 사후에 발생한다. 문제를 수습하는 과정에서 솔직함이 결여되면 상대방은 더욱 기분이 나쁘기 마련이다. 게다가 실수나 잘못의 이유를 설명하는 과정에서 거짓이 개입되고 말이 길어지면 그 실수는 더 큰 문제를 만들어내는 경우가 많다.

지각하거나 약속을 어겼을 때 혹은 작은 실수를 했을 때는 상대방에게 최대한 심플하게 그 이유를 이야기하는 게 나을 때가 많다. 사기꾼들의 변명은 언제나 화려하고 거짓말에는 수많은 사족이 붙기 마련이니까. 솔직함으로 잠시 기분 나쁜 순간만 갖게 하는 것이 거짓으로 오래도록 못을 박는 것보단 낫다는 뜻이다.

고대 그리스 천문학자인 프톨레마이오스는 '가장 단순한 가설로 설명할 수 있으면 그것이 좋은 원리다'라는 명언을 남겼다. 또 중세 철학자인 토마스 아퀴나스는 '더 적은 것을 가지고 할 수 있는데 더 많은 걸 가지고 하는 건 부질없는 짓이다'라고 말하기도 했다. 우리의 경제원리 또한 언제나 간단한 것이 복잡한 것을 이긴다. 같은 내용이라면 간단히, 같은 의미라도 간단히, 같은 원리라도 간단히! 그렇게 간단히 설명될수록 더 높은 가치를 지닌다. 경제적 효율성으로 볼 때도 그것이 더 낫기 때문이다.

이런 '간단함'에 대해서 잘 설명한 철학자가 있는데 바로 윌리엄 오컴이다. 한때 철학 수업을 들으면서 '오컴의 면도날'이라는 이론을 흥미롭게 접한 적이 있다. '면도날이라고? 아침마다 내가 사용하는 그것?' 하면서 수업을 들었는데, 실제로 지금 당신이 이해하는 그것, 남자들이 아침마다 사용하는 그 면도날

(Razor)을 의미한다. 그의 이론을 면도날에 비유한 이유는 간단하다. 여러 가설이 있을 때 '가정의 개수'가 가장 적은 가설을 채택해야 하므로, 논리적이지 않은 것을 사유의 면도칼로 싹둑싹둑 잘라내야 한다는 뜻이다. 조금 더 쉽게 이야기하자면, 우리가 어떤 원리를 설명하기 위해서는 여러 가설을 세운다. 그때 불필요한 가정을 할 필요는 없기에 다 잘라버리고 나머지로 설명하면 훨씬 더 명료해진다는 뜻이다. 별것 아닌 듯 보이는 그의 이론은 코페르니쿠스와 갈릴레오 혁명을 탄생시켰다.

천동설과 지동설에 대해 들어본 적이 있을 것이다. 천동설은 지구를 중심으로 태양이 돈다는 것이고, 지동설은 태양을 중심으로 지구도 회전운동을 한다는 이론으로 천동설과는 반대되는 이론이다. 오늘날 우리는 지동설을 알고 있지만, 그때는 여러 가설을 세워 이 두 이론을 입증해야 했다. 그런데 결국 지동설이 더욱 설득력 있다고 판단한 것은 지동설이 천동설보다 훨씬 단순한 이론이라는 데 있다. 태양이 정지해 있고 지구가 돈다고 가정하면 행성의 운행을 단순하게 설명할 수 있는데, 천동설을 설명하기 위해서는 다양한 가설이 세워져야만 한다. 이를테면 '주전원'이라는 것, 원운동 안에 또 다른 원운동을 한다는 이 이론을 가지고 와서 지구를 중심으로 태양이 돌고 있다는 가설을 설명해야 하기 때문이다.

이때 오컴이 말한다.

"그냥 잘라버려!"

노란색 태양을 중심으로 파란색 지구가 공전하고, 다른 행성 역시 공전을 한다고 본다면 주전원이라는 가설이 없어도 충분히 설명할 수 있다. 이것만 보아도 지동설이 성립되니 여러 가설은 싹둑 잘라버려도 간단히 결론에 이를 수 있게 된다. 이렇게 무엇이든 가장 단순한 쪽으로 선택해 결론에 이르도록 하는 오컴의 면도날 이론은 과학, 경제 등 다양한 곳에서 적용되고 있다. 그래서 이 원리는 절약의 원리, 경제성의 원리, 간결함의 원리라고 불리기도 한다.

종종 정말 어려운 내용을 쉽고 간단하게 설명해주는 사람과 이야기를 나눌 때가 있는데, 그런 이와 함께하자면 그의 만만찮은 내공이 절로 느껴진다. '저 사람은 정말 제대로 이해하고 있구나!' 싶은 것이다. 나는 오컴의 면도날 이론을 공부하면서 '그는 정말 통찰력 있는 사람이구나' 하고 느꼈다. 복잡함을 간단히 바꿀 힘은 대상에 대한 충분한 이해와 깊은 사유가 없으면 절대 불가능하다. 어려운 걸 쉽게 이야기하고 불필요한 걸 잘라낼 수 있는 건 그만큼 깊은 생각과 고민에서 비롯된다는 뜻이다.

글 중에서 가장 어려운 장르로 단연 '시'를 꼽는다(글쓰기는 장르를 불문하고 늘 어렵지만). 인생의 숱한 이야기와 감정을 단 몇 줄의 글로 함축해내야 하기에 그럴 것이다. 길고 긴 이야기도 짧게, 하고 싶은 여러 말도 짧게, 지금 이 순간 느껴지는 수많은 감정과 생각도 간단히 표현하지만 상대는 충분히 이해하고 감동까지 느끼며 그 속에서 많은 걸 알게 된다면 그보다 대단한 내공은 없다. '자세히 보아야 예쁘다 오래 보아야 사랑스럽다 너도 그렇다'라는 간단한 몇 줄로 많은 사람의 마음을 촉촉하게 해준 나태주 시인의 시구만 보아도 그렇다. 그 몇 줄이 무엇이기에 그토록 사람들의 마음을 따뜻하게 할까. 그저 떠오르는 몇 줄을 즉흥적으로 써서 그런 것이 아니다. 운동장에 난 잡초 풀꽃을 들여다보면서 떠오른 수많은 생각 중에서 불필요한 것을 과감하게 싹둑싹둑 잘라내고, 예쁜 것만을 남기고 또 남겨 그런 문구를 탄생시켰을 것이다. 그것은 분명 깊은 철학과 용기에서 비롯되었다고 본다. 더불어 세상을 향한 솔직함도 필요하다.

우리 삶에 오컴의 면도날 하나쯤은 갖고 사는 것도 나쁘지 않겠다. 간결함이 복잡함을 이긴다는 말처럼, 삶에서 일어나는 수많은 일과 상황 속에서 최대한 간단함을 선택해보는 건 썩 괜찮은 일일지도. 상대를 설득하거나 용서를 구해야 할 상황에 많은 말보다는 "미안하다" 하는 진솔한 말 한마디가 훨씬 효과

적일지 모른다. 상대방을 이해할 때도 마찬가지다. 여러 가정으로 스스로를 괴롭히기보다는 상대의 말을 믿고 다른 가설을 잘라낼 때 다음 단계로 나아가기 쉽다. 물론 우리는 인간이기에 자꾸만 나의 행동을 합리화하고 조금이라도 덜 상처받기 위해 방어를 하기 마련이다. 하지만 우리는 오늘도 아주 조금씩 성장하고 있지 않은가. 군더더기는 잘라내고 조금 더 나은 나를 위한 것들만 남겨두는 연습을 해나간다면, 우리 삶에도 어느 순간 진솔하고 간결한 것들만이 남지 않을까.

나는 당신에게 어떤 존재인가?

동물에게 이성이 없다는 사실이 가끔 참 안타깝게 느껴진다. 동물에게도 이성이 있다면 꽃이 나비에게 어떻게 비추어지는지 즐겁게 배울 것이 아닌가. 나비는 햇빛을 받아 꽃의 온도를 인지하고 꽃을 찾아간다. 나비의 세계는 우리 인간이 보는 세계와는 완전히 다르다. 인간은 각각의 사물을 선택적으로 구별할 수 있지만, 적외선으로 보이는 나비의 세계는 우리가 선택할 수 있는 세계와는 완전히 다른 모습으로 존재한다. 우리가 이성을 통해 인지하는 세상, 이성 없이 적외선을 통해 보이고 느껴지는 그대로를 인지하는 동물들의 세상은 어떻게 다를까. 아니, 고양이가 보는 꽃이나 나비가 보는 꽃과 인간이 보는 꽃 중 어떤 것이 더 사물의 본질에 가까운 걸까?

철학을 공부하면서 어떤 사람의 철학이 가장 흥미로웠냐고 물어보면 나는 '칸트'라고 대답한다. 동시에 어떤 사람의 철학이 가장 어려웠느냐고 물어보면 그 역시 '칸트'라고 대답한다. 칸트의 '순수이성비판'은 지금껏 내가 알고 있던 모든 것에 대해 커다란 물음표를 던지는데, 칸트의 철학 속으로 깊이 들어가다 보면 결국 느낌표로 그 답을 얻게 된다. '칸트 이전의 모든 서양 철학은 칸트의 철학으로 흘러들어왔고, 그 이후 모든 철학은 칸트로부터 흘러나왔다'라고 이야기할 만큼, 칸트는 서양 철학사의 신기원을 이룬 대철학자다. 그가 쓴 책이나 그의 이론을 다룬 모든 책은 대부분 매우 난해하거나 딱딱하기에 여러 번 읽어야만 이해되었다. 그래도 알면 알수록 흥미롭고 궁금해서 자꾸만 파고들게 되는 게 바로 칸트의 철학이었다.

특히 칸트의 우리가 '알고 있는 것'에 대해 정의한 '순수이성비판'은 매우 흥미롭다. 칸트는 흔히 이성을 통해 '이것은 무엇이다'라고 말하며 우리가 아는 것에 대해 이야기할 때 "대체 그 객관적 실체가 무엇인가?" 하고 질문을 던진다. 우리가 튤립을 보며 "저것은 튤립이야"라고 할 때는 우리가 튤립을 보면서 '이렇게 생겼고, 이런 색깔을 가졌으며, 이런 향기가 난다'라고 직관적으로 아는 것과 '고로 이렇게 생긴 것은 튤립이다'라는 의식에 의해 인식된 존재로서 튤립을 튤립이라고 안다는 건 칸트의 이론이다. 어떤 대상이 '존재한다'는 건 '우리가 의식을 통해 그것을 알기 때문이다'라는 것. 따라서 모든 대상은 우리의 의식에 의해 규정된다. 그래서 '아는 만큼 보인다'라는 말이 있는 걸까. 내가 알고 있는 틀 안에서 우리는 세상의 모든 대상을 규정할 수 있을 테니까.

또한 칸트는 인간이 어떤 대상을 머릿속에 들어오게 하려면 반드시 시간과 공간의 형식 속에서 인식할 수 있다고 했다. 예컨대 고등학교 때 단짝이었던 친구. 머릿속에 그 친구를 떠올려보면 내가 힘들 때마다 내 어깨를 토닥여주던 좋은 친구, 항상 달리기 1등을 하며 체육대회 때마다 반을 우승으로 이끌어 줬던 그 멋진 친구 그리고 특정한 공간이나 시간 속에서 그 친구의 모습을 떠올리게 된다. 지금 내 앞에는 주스 잔이 있는데, 눈을 감고 이 주스 잔을 없앴을 때 무엇이 남는지 본다. 그러면 빈 공간과 흘러간 시간이 남는다. 이 시간과 공간은 어디에서 나오는 걸까? 이 시간과 공간을 없앨 수 있을까? 불가능할 것이다. 그래서 칸트는 '시간과 공간은 이 세상에 존재하는 객관적 실체가 아니라 인간이 만들어낸 것'이라고 말한다.

칸트의 철학을 공부하며 참 많은 생각을 하게 되었는데, 그중에서도 '사람들은 나라는 사람을 어떤 시간, 어떤 공간의 형식 속에서 기억할까?'라는 질문을 많이 떠올렸다. 세상의 그 누구도 자신이 누군가에게 나쁜 사람, 상처를 준 사람, 만나고 싶지 않은 사람으로 기억되고 싶지 않을 것이다. 그러나 존재의 규정은 상대적인 게 아니던가. 칸트의 말처럼 객관적 실체란 존재하지 않는다. 물론, 사회적 약속으로 규정된 것들이 있겠지만 특히 시간과 공간이라는 형식 속에서 우리는 '누군가'에 대해 인식하고 그를 규정하기 마련이다. "양원근, 그 사람 참 재밌는 사람이야" 하면서. 나는 실재하고 있지만 '나'라는 객관적 실체는 없는 셈이다. 그리고 내가 나를 규정하는 것이 나 자신에겐 중요하지만, 상대에게는 그리 중요하지 않을지 모른다. 내가 누군가를 내 마음대로, 내 그릇대로, 내가 아는 대로 규정하듯 다른 사람들도 그럴 테니까.

그래서 '있는 그대로를 본다'는 건 참 힘들다. 동물처럼 이성이 없어서 아무것도 판단할 수 없고 보이는 그대로의 본질을 받아들일 수 있다면 좋겠지만, 인간이 대상을 받아들이는 과정 속에 관여하는 수많은 감정과 의식은 그동안 우리가 살아온 삶과 내 안에 담긴 많은 것이기에 있는 그대로를 받아들인다는 건 쉬운 일이 아니다. 사랑 역시 그렇지 않던가. 우리가 있는 그대로를 받아들인다면, 그것을 '그 사람'으로 인식하고 살아간다면 이별이란 존재하지 않을지도 모른다. 세상에 많은 이별이 있고 많은 관계가 어긋나는 이유는, 내 안에서 인식한 그 사람이 실제와 다르기 때문이다. 나는 붕어빵의 틀을 가지고 그를 보았는데, 그는 붕어빵이 아니라 국화빵이었을 뿐. '아니,

저 사람 갑자기 왜 저래?'가 아니라 그게 그 사람이었던 거고, 인식하지 못한 새로운 모습을 만나게 되었을 뿐임을. 시간이 많이 흘러도 이 사실을 모르는 경우가 허다하니, 인간의 관계란 참으로 어렵다. 인간이 한없이 작은 존재라 여겨지는 것도 나의 그릇만큼만 상대방을 인식할 수밖에 없다는 사실 때문이다.

가끔 '나다운' 게 무엇인지 생각해본다. 그리고 결국, 나라는 존재의 객관적 실체를 나 스스로 알려고 노력하는 대신 내가 원하는 나 자신의 모습으로 살기 위해 노력하는 게 낫겠다는 결론을 내린다. 나는 아직도 나를 알아가는 중이며 나에 대해 전부 다 알 수는 없지만, 내 그릇의 크기와 내 경험으로 나를 인식할 때 '나'라는 사람이 스스로 부끄럽거나 폭이 너무 좁은 사람, 누군가에게 불필요한 상처를 주거나 불친절하고 불편한 사람이 아니기를 바란다. 그리고 나 홀로 있는 시간(나 자신과 함께하는 시간)이든 그 누구와 함께하는 시간이든, 그 시간이 따뜻하고 행복한 시간이 될 수 있도록 노력해보려 한다. 언젠가 시간이 흘러 누군가가 나를 기억하며 "그 사람!" 하고 나를 안다고 말할 때, 썩 괜찮은 사람이라고 말할 수 있기를 바라기에 말이다.

이해는 폭력이다

수업을 통해 처음으로 니체가 "이해는 폭력이다"라고 말했다는 사실을 들었을 때 큰 충격을 받았다. 보통 인간은 '이해'라는 단어를 매우 중요시한다. 나만 해도 그렇다. 나는 어릴 때부터 호기심이 많고 궁금한 걸 잘 못 참는 아이였다. 책을 한 권 읽어도 깊이 들어가고, 그걸 읽고 모르는 게 있거나 궁금한 게 생기면 참지 못하고 며칠 동안 골머리를 앓으며 파고 또 팠다. 한마디로 '이해될 때까지' 말이다. 그래서 무얼 하나 시작하면 끝까지 가보는 성향이 있는데, 그것도 어쩌면 뭐든 완벽하게 알 때까지 파고드는 습성 때문일지도 모르겠다.

그런데 이해는 폭력이라니. 대체 무슨 말일까? 이 말은 곧 상대적인 관점에서 출발한다. 내가 알고 있는 것을 상대방도 알

거라는 착각. 내가 이해하고 인지한 그대로 상대도 이해하리란 착각. 그것을 당연하다고 여기는 순간 그건 상대방에게 폭력이 된다. 내가 이해한 만큼 상대방이 이해하지 못할지도 모르고, 상대방은 그걸 적극적으로 이해하고 싶은 만큼 관심이 없을지도 모르니 말이다. '스타일의 폭력'이라는 말이 있는데, 내가 알고 싶고 좋아하고 관심 있는 걸 타인도 당연히 그래야 한다고 생각하며 소위 '들이대는' 걸 말한다. 예컨대 사람들이 모여서 술을 마시고 있는데 내가 밑도 끝도 없이 갑자기 "야, 칸트의 순수이성비판 읽어봤어? 너무 흥미롭지 않아?" 하고 말한다. 친구들은 모두 족발을 뜯으며 어제 했던 축구가 몇 대 몇으로 이겼느니, 어떤 선수가 잘했느니 이야기를 나누고 있는데, 내 얘길 듣지 않는 친구들이 답답하다.

"야, 칸트 몰라? 칸트가 그랬잖아. 우리가 안다고 하는 건 의식을 통해 인지하는 거라고. 진짜 대단하지 않아?"

친구 중 하나는 "오, 그렇구나" 하겠지만 또 다른 친구는 "야, 야! 족발이나 뜯어. 너 때문에 지금 술맛 다 떨어지잖아!"라고 말할 것이다. 칸트니, 푸코니 해봤자 지금 족발과 술 한잔에 즐거운 그들은 내 말이 들릴 리 없다. 내가 아무리 "이거 정말 중요한 철학이라니까? 너희들도 알아두면 언젠가 꼭 써먹게 될 거야"라고 말해봤자 그건 나만의 생각일 뿐이다. 이게 바로 스타일의 폭력이라는 것이다.

인간관계에서도 그렇다. 누군가가 자기 생각과 맞지 않을 때 우리는 그 대상을 이해하려고 정말 애를 쓰지만, 뜻대로 안될 때가 많다. 이해하려고 할수록 화가 치밀어 오른다. 내 안의 논리와 상식에서 어긋나기 때문에 이해할 수도 없고, 이해하지도 못한다. 상대를 이해할 방법은 하나뿐이다. 내 논리와 상식, 경험을 비롯한 모든 것이 그 대상을 품을 정도로 넓고 깊어져야 한다. 즉, 3을 품기 위해선 내가 3 이상은 되어야 한다. 4 혹은 5, 아니 한 10 정도 된다면 그 이해의 폭은 훨씬 넓어질 것이다. 상대방이 무슨 말을 하든 어떤 행동을 하든, 나에게 걸리는 게 없어지고 이해되고 받아들여진다는 뜻이다.

그리고 만약 내가 3 혹은 그 이하여서 상대방을 수용할 수 없다면 차라리 그냥 인정하는 것도 방법이다. 나는 인간관계에서 이 방법을 자주 사용하는데, 여기서 '인정'이란 두 가지 의미다. 하나는 상대를 정말 존중하기 때문에 인정하는 것이고, 다른 하나는 데카르트가 말한 본유관념처럼 인간의 본성은 이미 세팅되어 태어나기 때문에 아무리 그 사람의 본성을 바꾸려고 해도 바꿀 수가 없다. 그래서 그냥 있는 그대로를 인정하는 거다. 솔직히 말하면 포기하는 것이다. 그러면 이해하려고 애쓰지 않기 때문에 상대와 의견 충돌로 싸울 일이 없고 마음도 한결 편하다. "그건 너무 상대에 대한 무관심 아닌가요?"라고 할 수도 있지만, 때로는 이 방법이 관계를 원만하게 유지하는 지혜로 작용하기도 한다. 내 경우엔 그렇다.

상대를 이해한다는 것은 내 시스템, 즉 내 세계 안에 상대를 포함하는 일이다. 그러니 내 세계에 수용이 어려운 상대를 무리하게 들이려고 한다면 파괴가 따를 수밖에 없다. 그래서 니체는 이해가 폭력이라고 한 게 아닐까. 특히, 그 관계가 권력적 관계에 놓여 있다면 더욱 그럴 것이다. 아랫사람이 윗사람을 무조건적으로 포함해야 한다면, 윗사람의 말과 행동을 무조건 이해하고 받아들여야 한다면, 그건 아랫사람에게 무자비한 이해의 폭력이 될지도 모른다. 상대가 원하지 않는 것을 감당하게 만드는 것이야말로 최악의 폭력일 테니 말이다.

니체의 철학을 공부하면서 나도 모르게 '리더십'에 대한 생각을 해보게 되었다. 리더가 된다는 건 조직을 성공적으로 이끌기 위한 다양한 덕목을 갖추어야 함을 의미하는데, 그중에서도 '이해의 폭'은 매우 중요한 자질이 된다. 이해의 폭이 1인 리더보다는 10인 리더가 낫고, 그보다는 100인 리더가 훨씬 낫지 않겠는가. 우리가 보통 상대를 이해하지 못해 힘들 때는 상대가 '잘못되었다'는 생각을 먼저 하게 된다.

'왜 저러지? 이상하네?'

그러나 그 이전에 내가 상대를 이해할 만한 폭이 되지 못한다는 생각 역시 한 번쯤은 해보아야 한다. 그래서 앞서 말한 대로 '상대는 저런 사람이구나' 하고 존중하거나 포기하는 태도를 취하는 것도 방법이다. 그게 아니라 내가 그를 품고 이해하고 싶다면 노력이 따라야 한다. 내 그릇을 키우려는 노력 말이다.

나는 가능한 한 '나'라는 사람이 하는 생각이나 말을 상대방이 무조건 이해하고 따르라고 강요하지 않는 편이다(물론, 이건 순전히 나의 생각이라서 상대방은 그렇게 느끼지 않았을 수도 있다). 오히려 어떤 자리에서건 리더의 위치에 자주 서게 되므로, 내가 이해해야 하는 일이 더욱 많다. 가끔은 사람들을 제대로 화합하지 못해 힘듦을 겪거나, 제대로 팀워크를 발휘할 수 없거나, 나와 갈등을 빚는 일이 일어날 때면 '아, 내 이해의 폭이 1000쯤 되면 좋을 텐데' 생각하곤 한다. 다양한 색을 지닌 사람들, 다양한 이해의 크기를 가진 사람들을 모두 포용하는 방법, 나 자신을 파괴하지 않고 그들을 수용하는 방법은 내가 넓어지는 길밖엔 없을 테니 말이다.

내가 더 이상 넓어질 수 없다고 느껴진다면, 최소한 상대에게 나를 강요하지 않는 것만으로도 많은 관계가 해결될 때가 있다. 내가 물리적으로 칼을 휘두르지 않더라도 내 생각을 상대방이 당연히 이해할 거라고 여기는 자체가 폭력이 될 수 있다는 걸 기억한다면, 우리의 말과 행동에 조금은 더 배려가 담길 것이다. 우리는 저마다의 세상을 품고 살기에, 그것의 크기로 그 사람의 옳고 그름을 정의할 순 없다. 그 세상을 파괴하는 대신 그냥 있는 그대로 인정해주는 건 어렵지만 아름다운 일이다. 나를 포함해 조금 더 많은 사람이 행복해지는 길이기도할 것이다.

누가 갑이고, 누가 을인가?

　　푸코는 "권력은 보이지 않는다. 느껴지는 것
이다"라고 했다. 권력의 사전적 정의는 '남을 복종시키거나 지
배할 수 있는 공인된 권리와 힘. 특히 국가나 정부가 국민에 대
하여 가지고 있는 강제력을 이른다'이지만 푸코는 그 힘이 실
체가 있거나 누군가가 소유한 것이 아니라, 관계에 의해 드러
나는 작용이라고 말한다. 돈이 많은 사람에게는 재력이 있고,
정치적으로 높은 위치에 있는 사람에게는 권력이 있고, 힘을
가진 사람에게는 무력이 있다. 하지만 그 사람들이 가진 '힘'이
라는 건 무엇일까. 권력을 사용하게 되면 그것이 결과가 되어
어떤 현상으로 나타나긴 하지만, 그렇다고 해서 힘이 누군가에
게 실제로 주어진 것은 아니라는 게 푸코의 주장이다.
　　한 예를 보자. 한 학생이 다리를 꼬고 앉아 수업을 받고 있다.

선생님이 말한다.

"야, 너 그렇게 삐딱한 자세로 수업을 들으면 되겠니?"

그러자 학생이 대답한다.

"선생님이야말로 좋은 대학 나와서 고등학생들 가르친다고 저를 삐딱하게 보시는 건 아니구요?"

학생과 선생님은 둘 다 서로의 심리를 이야기했을 뿐이지만, 선생님의 지적은 당연하게 여겨지지만, 학생의 대답은 반박으로 여겨진다. 아마 이 글을 읽는 독자들도 마찬가지일 것이다. 미셸 푸코는 이런 관계를 두고 '권력관계'라고 했다. 이 사례에서 선생님이 실제로 어떤 힘을 가지는 건 아니다. '선생님'이라는 자리는 교육제도에 의해 만들어진 결과물이며, 그러한 인식이 '선생님'과 '학생'의 관계를 권력구조를 만들고, 저 대화를 그 속에서 이해하게 되기 때문이다.

푸코는 이러한 권력을 소유할 수 있는 대상물로 여기는 걸 비판했다. 그래서 질 들뢰즈가 쓴 《푸코》에서는 이렇게 말한다.

'권력은 소유물이 아닌 전략이다. 그리고 그 효과는 어떤 소유의 결과로 나오는 것이 아니라, 다양한 배치, 조작, 전술, 기술, 기능의 소산이다. 권력은 소유하는 것이 아니라 오히려 행사되는 것이고, 지배계급이 획득하거나 보존하거나 하는 특권이 아니라 다양한 전략적 위치의 총체적인 효과이다.'

이 세상에서 우리가 알고 있는 '강자'와 '약자'라는 건 실은 어디에나 존재하는 듯하지만 사실은 그 실체가 없는 것일지도 모른다. 관계의 전략에 따라서 그려지는 것이 바로 힘이자 권력이라고 본다면 말이다. 그래서 푸코는 권력을 행사하는 쪽과 권력 행사를 당하는 쪽, 즉 권력자와 피권력자를 모두 전략관계에 놓고 이야기했다. 보통 가부장제 속에 있는 가족 단위에서는 남편이 가정의 권력자가 되는 경우가 많고, 부모와 자식의 관계에서도 대부분 부모가 권력자가 된다. 그렇다고 해서 부모가 강자이고 자식이 약자이거나 남편이 강자이고 아내가 약자가 되는 것은 아니다. 가족제도 속에 일궈진 이 관계에서 한쪽 항과 반대의 항이 존재할 뿐이다.

이 세상에는 다양한 관계가 존재한다. 앞에서 말한 대로 학생과 교육자, 부모와 자식, 남편과 아내, 친구 사이, 회사 동료, 상사와 부하, 고용인과 고용주, 판매자와 구매자 등등. 이 모든 관계에서 우리는 반드시 권력을 좀 더 지닌 쪽이 있다고 여기며 살아간다. 그걸 아마 요즘 말로 우리는 '갑'이나 '을'로 표현하는 것 같다.

하지만 정말 갑과 을에게 어떤 보이는 힘의 소유가 있다면 그건 정말 무서운 일일지도 모른다. 푸코가 권력은 보이지 않으며, 소유가 아닌 전략이고, 관계 속의 작용에 대한 결과라고 본 것은 어떤 관계도 보이는 힘을 소유함으로써 불평등하게 대해서는 안 된다는 걸 반증한 건 아니었을까. 부유한 가정에서 자랐지만 동성애자로 많은 무시를 당하고 편견 속에 살아야 했던 그에게 다수가 보여준 냉혹한 모습은 무자비한 권력 행사로 여겨졌을지도 모른다. 좀 더 많은 쪽을 갑으로 보고, 좀 더 위치가 높은 쪽을 갑으로 보는 세상보다는 그 힘이 좋은 결과를 낳는 쪽으로 작용할 수 있다면 그야말로 '전략'으로서의 권력이 존재할 것이다. 소수의 사람을 대중으로부터 소외시키는 힘. 부모라는 이유로 강압적으로 자식을 소유하려 든다거나 가스라이팅하는 힘. 사랑이라는 이름으로 상대를 누르고 감정을 이용하는 힘. 상사나 대표자, 고용주라는 이유로 제멋대로 행동하며 자신의 생각과 행동을 이해시키려는 힘. 이것들이 세상을 움직이는 권력이 되어서는 안 된다. 마치 권력이 눈에 보이는 힘인 듯 행사하는 것이 얼마나 나쁜 건지 푸코는 몸소 느꼈을 거다. 나 역시 그러한 권력은 절제될수록 아름다운 세상이 되리라 믿는다.

내가 가진 돈과 힘이 마치 나보다 아래 있는 사람이나 부족한 사람들에게 휘둘러도 되는 힘이라고 여기는 이도 많다. 어쩌면 나도 철학과 인문학을 공부하지 않고 독서하지 않았다면 그런 모습으로 살고 있었을지 모른다. 하지만 갑질은 관계의 중심에서 더 부족하고 모자란 사람이 보이는 폭력적 행위임을 잘 안다(물론, 그것을 알건 모르건 요즘엔 직원 눈치 보는 사장은 있어도 사장 눈치 보는 직원은 없다고들 한다. 난 세상에서 우리 직원들이 제일 무섭다). 그래서 나의 지론은 '가정에서는 남자가 을이 되고 아내에게 납작 엎드릴수록 평화가 찾아온다'이며 '회사에서도 내 마음대로 하기보다는 직원들의 말을 잘 듣는 오너가 성공을 이룬다'이다. 그게 회사를 20년 넘게 해오며 터득한 최고의 진리라고 우스갯소리로 말하곤 하지만 사실이다.

우리는 어디에서든 갑이 될 수도, 을이 될 수도 있다. 그래서 언제든 우리에겐 서로를 동등하게 바라볼 수 있는 눈이 필요하다. 모든 관계에서 보이지 않는 힘의 작용이 필요하다면 그건 어디까지나 아름다운 결과물을 내는 것이 목적이 되어야 한다. 내가 남들보다 조금 더 가진 그 무엇이 누군가를 억누르는 힘으로 작용하는 순간이야말로 가장 저질적인 순간일 것이다.

인간관계에도 가성비가 있을까?

언젠가 지인과 카페에서 이야기하다가 우연히 그분이 내 업무 노트를 보게 되었다.

"아니, 대표님! 이렇게 많은 사람을 만나면 안 피곤하세요? 저는 일주일에 한 명만 만나는 것도 힘들어서 우선순위 정해서 만나잖아요."

미팅 일정이 빼곡한 내 노트를 보고는 깜짝 놀라서 이렇게 얘기를 한 것이다. 일의 특성상 사람을 많이 만나기도 하지만, 혼자서 보내는 시간만큼 사람들과 함께 만나는 시간도 좋아하다 보니 나에겐 당연했던 터라 그분이 놀라는 표정이 오히려 더 놀라웠다. 동시에 사람을 만나는 데 우선순위를 정한다면 어떤 기준이 되어야 할까, 의문이 들었다.

"그럼, 선생님은 어떤 기준으로 우선순위를 정하세요?"

"당연히 가성비죠. 사람관계도 가성비가 있더라고요. 다 만나면 좋지만, 우선은 서로 윈윈할 수 있는 관계가 좋고, 적은 시간을 들이더라도 더 많은 것을 얻을 수 있는 사람이면 좋겠죠. 하다못해 큰 소득은 없어도 기분은 좋아진달지."

사실 그분의 이야기를 듣고 나서야 그 부분에 대해 다시 한 번 생각해보게 됐다. 나의 경우 내가 필요해서 만나는 일보다 상대방의 필요에 의해 만나게 되거나, 같은 취미나 정보를 공유하기 위한 모임이 대부분이었기에 인간관계에 대한 '가성비'에 대해 생각해본 적은 없었기 때문이다. 물론, 시간은 한정되어 있고 만나야 할 사람이 많다면 그중 더 중요하고 시급한 일을 중심으로 사람을 만나고, 조금 덜 급한 일은 뒤로 미루기 마련이다. 하지만 '가격 대비 성능이 우수하다'라는 의미를 지닌 '가성비'로 관계의 우선순위를 두어본 적은 없으니 내 입장에선 분명 여러 관점에서 생각이 드는 것이다. 그날 집으로 돌아와 '인간관계에도 가성비가 있을까'를 곱씹어보니, 어떤 관점에서는 굉장히 합리적인 말 같지만, 또 어떤 관점으로 바라보니 어쩐지 씁쓸한 느낌이 들기도 했다.

'인간은 사회적 동물'이라는 말을 들어보았을 것이다. 여러 철학자가 이 말을 사용했지만, 가장 먼저 이야기한 사람은 우리가 잘 아는 고대 그리스 철학자 아리스토텔레스로 알려져 있다. 처음엔 '인간은 정치적 동물'이라고 했지만, 로마의 정치가인 세네카가 라틴어로 번역하는 과정에서 '사회적 동물'로 바뀌었다고 한다. 이 말은 학교 다닐 때 교과서에서부터 배우기 때문에 매우 익숙하지만, 어른이 되어 여러 관계를 넓게 형성하다 보면 새롭게 이해되는 말이기도 하다. 사회적 동물. 말그대로 혼자서는 살 수 없으며, 사회 속에 관계를 형성하면서 산다는 의미를 담는다.

《초역 아리스토텔레스의 말》에서는 이렇게 말하고 있다.

'인간은 본래 사회적 동물이다. 비사교적이고 고립되어 사는 사람일지라도 사회 안에 존재한다. 사회는 개인 앞에 있는 것이다. 공통의 삶을 영위할 수 없거나 그렇게 할 필요가 없을 정도로 자급자족하고 사회에 참여하지 않는 사람은 짐승이거나 신이다.'

사람관계를 두고 '가성비'를 적용했을 때 불편함이 느껴졌던 것은 아마 우리 중 누구 한 사람도 '사회'라는 틀 밖에 있지 않기 때문일 것이다. 어떤 관계에서 우리가 가성비라는 것만 따져 만나야 한다면 이 사회는 어떤 모습이 될까. 모두가 자신에게 이익이 되는 사람만을 만나는 데 집중되고, 이기심과 탐욕이 가득한 세상으로 변질될지도 모른다. 사회란 약자와 강자, 덜 가진 자와 더 가진 자가 서로 어우러지면서 공존하고 성장하는 곳이다. 모두가 똑같이 가지거나 생기거나 똑같은 자리에

설 수는 없겠지만, 그렇다고 누구 하나 귀하지 않은 이는 없다. 다만 상대적 관계의 터울 속에서 때로는 누군가의 도움을 필요로 하거나 또 도움을 주는 관계는 있을 것이다. 그러나 그것 역시 인생은 새옹지마라 했듯 언제 그러한 입장이 될지는 아무도 모를 일이다.

나는 누군가에게 가격 대비 성능이 우수한 사람인지, 과연 그에게 이익을 안겨주는 사람인지는 잘 모르겠다. 얼마 전 내 책을 보고 어떤 분이 자신의 친구를 좀 만나 달라며 연락을 해 왔다. 사업에 뛰어들었다 사기를 당하고 절망에 빠져 있다고 하는 것이다. 나는 일주일 내내 스케줄이 빡빡했고, 솔직히 나처럼 부족한 사람이 책을 썼다는 이유만으로 무슨 이야기를 해줄 수 있을까 무척 고민이 되었다. 하지만 그날 집으로 돌아가는 길에 코로나19 때문에 사업 실패로 자살하는 사람이 속출한다는 뉴스를 듣자 가슴이 철렁 내려앉았다.

다음 날 회사로 돌아가 그분과 통화를 했고 만나기로 약속을 잡았다. 그 사람이 내게 가성비가 좋은 사람은 아닐지라도, 또 나와의 만남이 큰 도움은 되지 않을지 모르지만, 적어도 내가 절망적일 때 붙들었던 희망을 공유할 수는 있을 테니까. 나의 긍정적인 말 한마디가 이름도 성도 모르는 그 사람의 삶에 아주 작은 용기가 되어줄 수 있을지도 모르니까.

사회적 동물인 인간에게 관계의 '가성비'란 인간이 지닌 '가치'에 비교할 수 없다고 여겨진다. 때로는 우연히 알게 된 누군가가 내 삶의 커다란 터닝포인트를 만들어줄 수 있고, 언젠가 조금 여유가 있을 때 도와주었던 어린아이가 훌쩍 자라 감사 인사를 하러 왔을 때 내 인생의 참된 보람을 느끼고 더 열심히 살아갈 동기를 얻기도 한다. 언제든 누구를 만나든 최선을 다하고, 그 사람과의 시간이 내가 원하는 시간이 아니더라도 내가 할 수 있는 모든 마음을 내어주기 위해 애쓰는 것은 인간이 사회적 동물이기에 아름다운 일로 성립될지도 모른다. 합리적인 것을 추구하는 사람들은 "인간관계는 최대한 콤팩트해야 한다"고 말한다. 그래야 심플하고 편한 삶을 살 수 있으며, 사람으로부터 받는 스트레스에서 벗어날 수 있기 때문이라고.

물론, 그 말에 상당 부분 일리가 있다고 생각한다. 무분별한 관계 때문에 상처받고 힘겨워질 수도 있으니까. 그래서 소크라테스가 "너 자신을 알라"라고 하지 않았던가. 누구보다 나 자신이 소중하기에 지금 내 마음이 안녕한지, 사회적 관계 속에 행복할지를 늘 점검해보는 것도 중요한 일이다. 그리고 혼자만의 시간을 반드시 가지며 관계의 밸런스를 추구하는 일도 잊어선 안 된다. 사회적 동물이라는 말의 뜻은 인간이 사회를 떠나서 살 수 없는 존재이기에 함께 어울리며 행복을 추구해야 한다는 것이지, 혼자 있어선 안 된다는 것을 의미하진 않는다. 물론 '사회에 참여하지 않는 사람을 짐승'이라고 과격하게 표현했지만, 그것은 산속에 숨어 자급자족하며 살 수 있다고 믿는 사람들을 가리킨 말이다. 사실, "나는 혼자서 잘 살아갈 수 있다"라며 사회를 경멸하는 사람도 결코 고독을 피할 수 없다. 죄수에게 가장 가혹한 형벌이 바로 '독방'에 감금되는 일이라는 것이 시사하는 바가 크다. 실제로 어릴 때부터 혼자 있는 시간이 많았던 아이는 자라서도 신체적, 정서적 발달에 어려움을 겪는다는 보고도 있다.

나는 코로나 팬데믹을 지나는 과정에서도 큰 변화 없이 많은 사람을 만났지만, 학교에 나가지 못하는 아이들, 마스크를 쓴 채 한 마디도 나누지 못하는 대중교통 속의 사람들, 텅 빈 식당과 카페, 휑한 공원과 정적 속의 장소들을 보며 큰 고독감을 느꼈다. 이대로 살아간다면 이 세상은 바이러스 때문이 아니라 외로움 때문에 죽을지 모른다는 생각마저 들기도 했다. 온라인 네트워크가 활성화되어 서로의 얼굴을 마주 보며 이야기를 나누기도 했지만, 그 역시 서로의 온기를 느끼며 대화를 나누는 일에는 비할 바가 못 되었다.

사람의 관계에서 가성비만을 추구하다 보면 나중엔 껍데기로 포장된 관계만 남을지도 모른다. 생각만 해도 끔찍한 일이다. 내 몸과 마음의 건강을 잘 다스리면서 혼자만의 시간도 적당히 허락해주며, 외롭지 않을 정도의 소중한 관계들을 꾸준히 쌓아나가는 것은 '사회적 동물'이 당연히 가져야 할 활동이다. 건강한 세상은 '나만 잘살면 된다'는 이기심에서 벗어나 기꺼이 서로의 행복을 응원해주는 세상, 따뜻한 위로와 도움을 서슴없이 주고받는 세상이 아닐까. 한 사람 한 사람 만나다 보면 모두가 귀하고 감사하다. 알맹이가 꼭 찬 관계는 가성비를 넘어서는 귀한 가치를 우리의 삶에 선물해준다.

나의 정의가 타인을 찌르지 않도록

철학을 공부하면서 가장 많이 변화된 점은 사람들과의 대화다. 나는 웃음이 많아서 사람들과 유쾌하게 대화하며 리액션도 잘하는 편이다. 강의를 오래 했기 때문인지 경청도 습관이 되어 있다. 강의하는 사람들이 듣는 것보다 말하는 걸 좋아할 거라 생각하지만 꼭 그렇지 않다. 수강생들의 이야기를 잘 듣고 그들의 표정과 마음을 잘 읽어야 좋은 강사라 할 수 있다. 이해가 안 가는 부분이 있어도 꺼려져서 말을 잘 못 하는 사람이 많은데 그들로부터 편안하게 이야기를 끌어낼 수 있어야 좋은 강사다. 나는 그게 몸에 배어서인지 사람들의 말을 잘 들어주는데, 실제로 들으면서 나와 다른 사람들의 모습을 관찰하고 이해하는 일이 즐거울 때가 많다. 이러한 내 모습은 철학을 공부하기 전에도 배어 있었지만, 철학을 공부한 이후엔 여기에서 조금 더 발전한 것이 있다. 바로 '우기기'를 덜하게 되었다는 것이다. 더불어 상대방의 '우기기'를 조금 더 받아주게 되었다는 것이다.

언젠가 목사님이 한 설교 중에서 '나의 옳음이 나를 망친다'는 이야기를 한 적이 있는데, 크게 공감이 되었다. 푸코의 '정상, 비정상'에 대해 공부할 때도 그렇고 프로타고라스의 '인간은 만물의 척도다'라는 말에 대해 공부할 때도 그랬다. 머리로는 이해하면서도 막상 실천으로는 잘되지 않던 것이 바로 이 부분이었다. 보통 우리는 '줏대가 있어야 한다'고 하지만 그 줏대라는 것이 종종 나의 편협한 생각으로 남을 상처 주기도 하고, 내 옳음에 갇혀 나 자신을 성장하지 못하게 만드는 장애가 되기도 한다. 나의 뚜렷한 소신이나 주장을 가져야 하는 것은 맞지만, 그것이 세상 모두에게 객관적 기준이 된다거나 옳음이 되리라 생각하는 건 큰 오산이다. 대부분의 싸움을 보면 모두 '나의 옳음'으로부터 시작되어 '너의 틀림'으로 끝난다. 그런데 정말 이 세상에 절대적 옳음과 절대적 틀림이라는 게 있을까.

그래서인지 '인간은 만물의 척도다'라는 말은 참으로 절묘하다. 인간이 만물의 척도라는 말에서 주목해야 할 것은 바로 '인간'의 본질이다. 인간이 세상의 만물에 가치를 부여하기에 만물의 척도라고 했겠지만, '척도'라는 말의 뜻은 무엇인가. 무엇을 평가하는 기준 아니던가. 그런데 이 세상에 똑같은 사람은 한 명도 없으며, 똑같은 생각을 가진 사람도 없고, 평생 같은 생각을 가지고 사는 사람도 드물다. 즉 자신이 살아온 환경에 따라 지니게 되는 생각, 살면서 변화하는 생각, 상황과 처지에 따라서 들게 되는 생각이 제각각이다. 그런 인간이 만물의 척도라니. 결국, 절대적 '정의'란 없으며 시시때때로 변할 수 있는 것이 바로 옳음의 척도라는 뜻을 포함한 건 아닐까. 그러니 "내가 옳다"며 어떤 가치를 두고 싸우고 우기는 것이 때때로 참 부질없는 일일지도 모른다. 그래서 프로타고라스는 '모든 의견이 참이다'라고 한 것일지도.

한국의 가을 하늘 아래에서 베트남인들은 "춥다"라고 말할 것이고, 에스키모인들은 "따뜻하다"라고 말할 것이다. 그러면 한국인인 나는 누구의 말이 맞다고 할까? 그저 나의 대답은 '선선하다'이다. 그러므로 누구의 말도 틀리지 않다. 모두가 맞다. 스피노자는 《에티카》 4부 서문에서 이렇게 적어놓았다.

'음악은 우울증 환자에게는 선한 것이고 절망한 사람에게는 악한 것이다. 귀머거리에게는 선하지도 악하지도 않다.'

참 많은 것을 보여주는 말이다. 과연 만물의 척도인 우리에게 절대적인 옳음과 틀림이라는 걸 정의 내리고 상대를 평가할 자격이 있을까. 나는 철학을 공부하면서 내가 그동안 '줏대'라고 우기며 상대를 저울질했던 습관을 많이 내려놓았다. 예전에 "확실해요! 내 말이 맞다니까요!" 하며 상기된 얼굴로 이야기했던 순간들이 많이 부끄러워지기도 했다. 또 고집이 약하거나 자기 말을 조리 있게 하지 못하는 사람들에게 목소리가 크다는 이유로 더 많은 조언을 하고, 내 옳음을 강요하던 순간도 후회되었다.

나의 옳음이 누군가에게는 독이 되거나 상처가 되거나 전혀 반대되는 이야기일 수도 있다는 것을 인정함으로써 인간은 비로소 만물의 척도가 되는 게 아닐까. 이 세상에 하나의 해석만을 '올바르다, 진실하다, 아름답다' 설정하고 나머지 해석들을 진실하지 못하다고 하는 것을 푸코는 경계한다. 그것이 지배적 정상, 지배적 질서이기 때문이라는 것이다. 더 많은 사람이 옳다고 하는 걸 맞다고 정의하는 것 또한 우리가 경계해야 할 부분일 거다. 내가 알고 있는 것만이 전부는 아니기 때문이다.

소크라테스는 누군가가 어떤 것을 안다고 할 때 그걸 집요하게 파고들어서 결국 제대로 알고 있지 않다는 것을 밝혀내는 일에 아주 능숙했다. 그렇다고 소크라테스가 앎에 대한 상대주의나 회의주의를 주장하는 것은 아니다. 소크라테스는 다만, 앎이라는 것에 대한 독단적 견해를 공격하려 했던 거다. 소크라테스는 앎을 좀 더 정확하게 규정하고 싶어 했다. 자동차 만드는 지식이나 배를 만드는 지식, 이런 것들은 기술적인 지식들이기에 확실성이 굉장히 높다고 생각했다. 자동차 만드는 기술 지식이 있다면 실제로 자동차를 잘 만들 테니까. 반면 무엇이 아름다운가, 무엇이 정의로운가, 그런 가치 판단에 대한 지식은 확실한 앎은 아니라고 생각했다. 똑같은 대상이 어떨 때는 아름다울 수도 있고 어떤 때는 추할 수도 있으니까.

똑같은 그림을 보고도 어떤 사람은 아름답다고, 어떤 사람은 추하다고 말한다. 그러한 현상을 공정하게 평가할 수 있는 사람은 없다. 같은 코드를 가진 사람들과 좀 더 잘 통하고 편안할 수는 있다. 그러나 다른 코드와 생각을 가진 사람, 조금 불편한 사람들과도 우리는 소통하고 어울리며 살아갈 수 있어야 한다. 인간은 어떤 면에서 매우 나약하고 작은 존재이지만, 무궁무진하게 성장하고 사고의 폭을 넓힐 수 있다는 점에서 아주 크고 위대한 존재이기도 하다. 단, 다른 사람의 옳음을 인정하고 다양성을 폭넓게 바라볼 때 인간은 그 위대함을 실현할 수 있다. 나의 생각만이, 나의 해석만이 옳다고 주장한다면 이 세상은 상처투성이가 될 것이다. 자신의 정의로 타인을 찌르는 아픈 세상이 될 것이기 때문이다.

프로타고라스의 말을 빌리자면 너도 옳고 나도 옳다. 대한민국은 목소리가 큰 사람이 이긴다고 하는데, 그만큼 다양성을 존중하기 힘든 문화라는 뜻이기도 하다. 우리가 공부하는 이유는 내 생각과 마음의 지경을 넓히기 위해서다. 지식인이 아니라 지성인이 되어야 하는 이유는 지식을 통해 성인이 되어야 하기 때문이라고 감히 이야기해보려 한다. 배운 만큼 성숙해지고, 더 많은 정의를 받아들이며, 나의 정의가 타인을 찌르지 않도록 경계하는 삶을 산다면 우리는 더 아름다운 인간으로 성장해 나아갈 것이다.

의도가 중요할까,
결과가 중요할까?

10시부터 시작된 회의가 끝날 줄을 몰랐다. 웬만하면 점심시간 전에 회의를 끝내고 싶었지만, 여러 사람의 발언이 오가다 보니 회의가 다소 길어졌다. 점심시간이 5분 정도 지나긴 했지만, 거의 끝이 보이기에 나는 마무리하는 게 나을 것 같아 회의를 이어갔다. 그러자 옆에 있던 직원이 "대표님, 지금 점심시간인데 나중에 하시죠?"라고 말하는 것이다. 다른 직원들은 순식간에 조용해졌고, 나도 잠시 말을 잇지 못해 가만히 있었다. 예전 같으면 "지금 뭐라고 했어요?"라고 되묻기라도 했을 텐데, 직장인에게 점심시간이 얼마나 중요한지 모르지 않는 데다 또 그 사람만의 사정이 있을 수도 있겠다 싶어 간략히 마무리하고 식사 후 미팅을 이어가기로 했다.

그 일은 그렇게 지나갔지만, 어쩐지 그 직원과 다시 마주칠 때마다 괜히 어색해지는 느낌을 받았다. 아직 내 마음속에 그 직원에 대한 오해가 있어서일까, 뭔가 풀리지 않는 마음이 있는 듯해 썩 마음이 편하지만은 않았다. 며칠 후 팀장들과 따로 회의하고 있는데, 그 직원의 상사인 A 팀장이 내게 오더니 이렇게 말하는 것이다.

"대표님, 그날 그 친구 얘기 때문에 아직 신경이 좀 쓰이시죠?"

"뭐, 괜찮습니다. 그럴 수도 있죠."

"아마 나쁜 의도가 있었던 건 아닐 거예요."

"나쁜 의도가 있었다고 생각하진 않아요. 순간적으로 좀 놀랐던 거죠, 뭐."

"그 친구가 원래 좀 무뚝뚝하거든요. 하지만 예의가 없는 사람은 아니에요. 제가 대표님께 가끔 농담하거나 장난스러운 말을 할 때 대표님이 그걸 잘 받아주는 모습을 보고는 부럽다고 말한 적이 있거든요."

"아, 그래요?"

"네. 그래서 본인도 그렇게 대표님과 편안하게 대화를 하면 참 좋을 것 같다고 그렇게 말했었는데, 아마 그래서 그렇게 표현했던 게 아닌가 싶어요."

"표정이 딱딱하고 말투도 그래서 제가 큰 오해를 했네요. 뭔가 회사에 불만이 있거나 그날 회의가 길어져서 약간은 화가 났나 해서 신경이 쓰이긴 했어요. 그렇게 얘기해주니 훨씬 이해가 가네요. 고마워요."

팀장의 설명으로 오해도 풀리고, 다시 그 직원과 웃으며 대할 수 있었지만 한 가지 안타까운 점은 계속 마음에 남았다. 팀장의 설명을 듣기 전까지는 그의 의도를 이해할 수도 없었고, 표현 방법이 좋지 않다 보니 불필요한 오해까지 하게 됐다는 게 내심 아쉬운 생각이 들었던 것이다. 물론, 사람의 행동은 표현이라는 결과도 중요하고, 그런 표현이 나오게 된 의도도 중요하다(나의 경우는 그렇게 생각한다). 아무리 좋은 의도라 하더라도 표현이 좋게 나오지 않으면 도리어 기분이 나빠질 수 있고, 아무리 표현을 좋게 했다 하더라도 그 의도가 불순했다면 나중에 그 사실을 알게 되었을 때 기분이 좋을 리 없다. 사람 사이의 소통이란 그렇게 참 쉽지 않은 법이다.

칸트의 윤리학은 항상 결과보다 의도에 초점을 둔다. 즉, 선한 의도가 결과보다 중요하기에 도덕성은 결과가 아닌 의도로 판단해야 한다고 말했다. 이와 대립되는 것이 공리주의다. 사상가인 제러미 벤담과 제임스 밀, 그리고 그의 아들인 존 스튜어트 밀이 공리주의를 주장했던 대표적 학자인데 이들은 모든 일을 결과론적으로 본다. 그들은 '최대 다수의 행복'을 위한 행동을 최고의 선으로 보았는데, 그렇기에 '가장 좋은 결과'는 곧 '최대 다수의 행복'을 충족시키는 것이라고 보았고 이를 공리주의라고 말했다.

　항상 철학은 이처럼 대립되는 이론이 있기 마련인데, '세상에 정답이 없는 게 정답'이라는 말처럼 철학 속에서 우리는 정답을 찾으려 하는 대신 삶의 지혜를 발견하려는 노력을 한다면 훨씬 도움 될 것이다. 나 역시 철학을 공부하면서 가장 크게 달라진 점은 삶에서 발견되는 여러 대립 현상 속에서 삶의 이치를 깨닫고, 나만의 삶의 방식을 찾아가는 데 있었다. 그전까지는 표면적인 것에 초점을 맞추고, 대립되는 의견 중 '이것 아니면 저것'이라는 이분론적 사고를 중심으로 살았다. 하지만 어떤 날은 철석같이 믿었던 나의 생각이 무너지는 경험을 했고, 또 어떤 날에는 전혀 아니라고 생각했던 게 맞아 떨어지는 경험을 하며 세상살이에 대한 정답 찾기를 살포시 내려놓았다. 그 대신, 내가 배움으로 모든 것을 알 수 있는 게 아니라는 사실, 동시에 그럼에도 배우지 않는다면 더 모자란 사람으로 살아갈 수밖에 없다는 사실을 받아들이고 열심히 지혜를 쌓기 시작했다. 적어도 내가 지면(知面)하는 많은 문제에 대해서 조금은 더 포용력 있게 받아들이고, 현명하게 대처하기 위해서 말이다.

　나는 유독 문자메시지의 표현에 예민한 편이다. 요즘에는 SNS를 통해 더 많이 소통하는 세상이 되었다. 하루에만도 수

십 혹은 수백 건의 메시지를 주고받는데, 아마 나의 문자를 받아본 사람은 모두 알 것이다. 기분이 충분히 나쁠 법한 상황에도 나는 최대한 말 속에 감정이 실려서 전달되지 않게 하려고 노력한다. '기분이 태도가 되지 않게'라는 말도 있듯이, 나의 감정이나 기분이 필터링 없이 상대에게 전달되어 괜한 불편함을 심어주고 싶지 않기 때문이다. 그럴 때는 비폭력 대화를 통해 나의 솔직한 마음을 털어놓는 편이 차라리 낫다. 어쨌든 꼭 그런 상황이 아니더라도 평소 주고받는 메시지에 항상 나는 갈매기(~) 표시나 웃음(^^) 표시를 섞는 편이다. 그리고 문자를 처음 시작할 때는 '안녕하세요' 혹은 '좋은 아침입니다' 등의 인사로 시작해 '좋은 하루 되세요' 등으로 마무리한다. 우리가 오프라인으로 만날 때 그러하듯 문자메시지로도 그 정도의 배려와 매너는 기본이라고 생각하기 때문이다.

그런데 가끔은 이렇게 내가 상냥하게 한 말들에 '네', '알겠습니다' 등의 드라이한 답변이나 앞뒤 없이 할 말만 딱 보내는 문자를 볼 때마다 상심하곤 한다. 소위 '읽씹(읽었지만 씹힌)' 하는 문자를 볼 때도 마찬가지다. 표정이 없는 언어이다 보니 더욱 그 의도를 읽기가 힘들어서 그랬을 것이다. 처음엔 '나한테 화가 났나?', '이 사람이 기분이 좋지 않나?'라고 생각했지만 막상 만나서 이야기를 나눠보면 그렇지 않을 때가 많아서 '혼자 오해하고 상처받지 말아야겠다'라고 추스르며 마음을 다독인 적이 있다. 그러나 여전히 인사 한마디 없이 할 만만 보내오는 문자를 볼 때면 그 사람의 의도와 상관없이 마음이 좋지만은 않다. 더더욱 비대면이 활성화되는 시대가 되면서, 사소한 인사 나눔이나 말 속의 매너가 사라진다는 것이 무척 안타깝게 여겨지기 때문이다.

 '똑똑. 식사는 하셨어요?', '출근은 잘 했어요? 오늘 차가 많이 막혔죠?', '안녕하세요. 중요한 일이 있어서 문자 드립니다. 잠시 이야기 가능하세요?' 등등 사실 이러한 표현의 시작은 상대방의 마음을 활짝 열고 무장해제를 시키는 힘이 있다. 아무리 좋은 의도를 가지고 상대방에게 좋은 내용을 전달하기 위한 상황이라 하더라도, 이러한 표현이 동반되지 않는다면 우리의 마음은 건조해지기 쉽다. 문자에도 마음의 형태가 드러나고, 호흡이 느껴진다. 문자는 언어를 표기하기 위한 시각적인 기호체계라고 하지 않는가. 언어에는 우리의 마음이 담기는 게 당연하다.

 이러한 아쉬운 마음에도 세상에 정답은 없고, 나의 옳음도 반드시 옳지만은 않기에 아쉬움은 아쉬움대로 남겨본다. 칸트의 '의도가 중요하다'라는 말을 일상으로 가져오기 위해서는 아무래도 '역지사지'의 정신을 늘 각인해야 할 것만 같다. 우리의 표현은 늘 서투르기 마련이어서 자주 오해를 부르지만, 상대방의 입장과 바꾸어 생각하고 '어떤 의도였을까?'를 짚어볼 수 있다면 그래도 훨씬 덜 상처받고 화가 날 일도 많이 누그러뜨려지기 마련이니까.

그날 그 직원도 어쩌면 나와 좀 더 친근하게 지내기 위해 나름의 노력을 한 셈이라고 생각하니 나도 모르게 웃음이 지어지며 그 노력이 귀엽게 여겨지기도 했다. 나쁜 의도로 한 행동이 뜻하지 않게 좋은 결과를 가져온 헤프닝을 보면, 세상 모든 일이 반드시 의도만 중요한 건 아니라는 생각도 든다. 하지만 그렇게 좋은 결과가 나타난다 한들 마냥 기쁘기만 할까. 그러니 앞에서 말했듯 좋은 의도로 좋은 표현을 하여 많은 사람이 행복해질 수 있게 된다면 금상첨화일 것이다. 아직 나도 갈 길이 멀지만, 철학의 우물 속에서 지혜를 한 모금씩 길어 올려 마시다 보면 언젠가는 그 비슷한 흉내라도 내고 있지 않을까, 한번 기대해본다. 어쩐지 그날 직원에게 삐져서 며칠 동안 뾰로통해 있었던 내 모습이 부끄러워지는 밤이다.

누구를 살릴 것인가?

한때 자율주행 자동차가 곧 현실이 된다는 뉴스를 접했을 때 나도 모르게 심장이 쿵쿵거렸다. 아니, 정말 공상과학이나 영화에서만 보던 일들이 진짜 현실로 펼쳐지는 건가? 우리가 어릴 때를 생각해보면 오늘날의 세상은 상상도 할 수 없는 모습이다. 나는 산으로 들로 친구들과 냇가에서 놀고 잠자리 한 마리만 있으면 온종일 심심하지 않았다. 10킬로미터 이내의 거리는 어지간하면 걸어 다니는 게 일상이었는데, 비까번쩍한 자동차가 누구 집 앞에 대어 있기만 해도 우르르 몰려가 신기한 눈으로 보던 게 아주 어릴 적 내가 기억하는 우리의 모습이다. 그런데 자율주행 자동차라니!

영원히 오지 않을 것만 같던, 맨몸으로 하늘을 날아다니던 아톰의 시대도 끝이 나고 전기 자동차들이 거리를 활보하며,

손바닥만 한 스마트폰으로 모든 게 다 이루어지는 세상. 터치 몇 번이면 하루 만에 택배가, 마트 장보기가, 배달 음식이 눈앞에 놓인다. 그런 세상에 이제 운전할 필요도 없이 차가 움직인다니! 언젠가 신나게 보았던 타임머신 이야기가 펼쳐질 날도 머지않았다. 과연 그런 날이 온다면 인간은 너나없이 앞다투어 과거와 미래를 오가려고 할 텐데. 이러한 삶의 변화와 기술의 발전은 인간 삶을 편리하게 만들어주고, 인간이 직접 해야 했던 불필요한 일들을 모두 줄여준다. 하지만 그게 마냥 좋기만 할까. 기술이 점점 발달할수록 흑백사진에 전화만 가능하던 폴더폰이 그립고, 온종일 가지고 놀던 잠자리가 그립고, 기차 안에 앉아 까먹던 삶은 달걀과 사이다가 그리운 건 왜일까.

그러나 세상은 내가 생각하는 것 이상으로 급변하고 있다. 자율주행 자동차 역시 처음 내가 뉴스를 접했을 때보다 훨씬 더 많은 발전이 이루어졌다. 그렇지만 이렇게 급격하게 변화하는 기술 앞에는 반드시 '윤리'라는 심각한 문제가 놓인다. 이와 관련해 2014년에 '자율주행 자동차의 윤리관'에 대한 실험이 이루어진 적이 있다.

간단히 말하자면 화두는 그것이다. 자율주행 자동차가 운전하던 중 사고 상황으로 말미암아 A와 B 중 반드시 누구 하나를 죽여야 한다면 누구를 선택할 것인가? 이 책을 읽는 독자도 마음속으로 자신만의 정답을 선택해보자.

5명과 1명(다수와 소수)
노인과 젊은이
인간과 애완동물
남자와 여자
부자와 거지

설문에 의하면 소수 대신 다수를, 애완동물 대신 인간을 구하는 대답은 거의 비슷하게 나오지만 나머지 대답은 국가나 사회 계층에 따라 조금 세분화된다. 답이 조금씩 달라진다는 것이다. 마치 이 문제들에는 정답이 있을 것 같지만 정답은 없다. 그것은 결국, 인간 스스로가 가진 윤리관에서 오는 선택의 문제다. 우리가 살고 있는 나라의 역사, 종교적 배경이나 경제적, 구조적인 요인이 우리의 윤리 의식에 깊이 얽혀 결과를 내는 경우가 많다.

그런데 자율주행 자동차라는 AI에게는 윤리관이라는 것이 없다. 이제는 로봇에게도 감정과 윤리관을 심는 시도들이 있지만, 과연 인간도 쉽게 판단하기 힘든 이러한 도덕적 문제들을 AI에게는 어디까지 심어줄 수 있는 걸까? 물론, 인간보다 훨씬 많은 양의 데이터를 갖고 있고 인간의 뇌가 하는 판단, 기억,

학습, 추측 등을 인공적으로 해내지만 과연 그것만으로 합리적인 판단을 할 수 있는 걸까?

만약 저 선택지가 '나와 타인'이라면 어떨까? 앞에 사람이 오고 있고 그걸 피하면 가드레일을 받고 내가 죽을지도 모르는 상황에 처한다면? 나는 이 질문을 놓고 다양한 시뮬레이션을 해보았다. 사람을 치고 내가 살면 목숨은 부지할지 모르지만, 평생 죄책감에 시달리면서 살 것이다. 그렇다 하여 사람을 살리고 내가 죽는다면 그것은 괜찮은 죽음일까? 몇 번이나 그 상황을 상상해본 끝에 후자, 즉 사람을 살리고 내가 죽는 선택을 하겠다고 결론을 내렸다. 하지만 그 윤리관이 정말 그 상황에 적용될지는 의문이다. 인간은 위급한 순간에 결국 나 자신을 위한 선택을 하기 마련 아니던가. 1분도 채 안 되는 판단의 순간에 남을 위해 내 목숨을 던져버리는 선택을 하기란 쉽지 않다. 그렇다면 AI는 어떤 선택을 할까. 인간의 인권을 존중하고 윤리적인 측면에서 최선의 선택을 할 수 있을까? 그 최선의 선택이란 과연 무엇인가. 딜레마가 아닐 수 없다.

쇼펜하우어에게 윤리란 이기주의에 대응하는 가장 중요한 과제였다. 자신만을 중요시하는 이기주의를 극복하고 타인에 대한 동정심으로 누구도 해치지 않고 최대한 많은 사람을 돕는 걸 윤리학의 최고 원리로 제시한 것이다. 그러나 니체는 달랐다. 니체는 개인의 희생을 요구하는 게 아니라 나를 한 명의 완전한 개인으로 보고 모든 행위에서 이러한 개인의 안녕을 최고의 가치로 생각했다. 니체는 윤리란 사회적 규율이나 관례에 순종하는 것이라 보았고, 타인에게 피해를 주지 않아도 사회규율과 다르다면 '비도덕적'이라 부른다고 여겼다. 그래서 모든 선택에서 오직 자신을 위한 선택이 가장 윤리적인 선택이라고 여긴 것이다. 만약 앞의 질문을 쇼펜하우어와 니체가 받았다면, 쇼펜하우어는 자신이 죽고 타인을 살렸을 테고, 니체는 타인을 죽이고 나를 살리는 선택을 했을지 모른다. 혹은 내 마음이 편한 것이 더 나를 위한 선택이라고 여겼다면 니체는 나를 죽이고 타인을 살리는 선택을 했을 것이고. 누군가가 그랬듯 우리의 이성은 자신의 주관적 진실과 가장 잘 맞는 것만 진실로 받아들이므로, 니체의 선택은 그게 무엇이든 자신의 이성이 가장 충족되는 선택을 함으로써 최고의 윤리를 실현했을 것이다.

한 독서 모임에서 로스쿨을 준비하는 법대생과 인권을 놓고 토론한 적이 있다. 사람들과 '범죄자의 인권을 보호해야 하는가?', '가해자의 인권과 피해자의 인권은 같은가?' 등을 논의하던 중 한 로스쿨 학생에게 "학생은 왜 법이 존재한다고 생각하는가?" 하고 물었다. 그 학생은 "사회질서 유지를 위해서요"라고 당당하게 대답했지만, 그다음의 질문에는 고개를 갸웃하며 바로 답하지 못했다.

"그렇다면 사회질서 유지의 목적은 무엇인가? 즉, 사회질서 유지와 사회 구성원들의 자유와 인권과는 어떤 관계가 있는 것인가?"

법대생들은 법과 윤리에 대해 배우고 자유와 인권에 대해 배운다. 그리고 우리는 어릴 때부터 윤리와 도덕성에 관련한 많은 질문과 정해진 답을 배우면서 자란다. 하지만 어른이 되면 알게 된다. 인간에게 가장 윤리적이고 합리적 선택이란 존재하지 않는다는 것. 무엇이 정답이라고 누구도 쉽게 말할 수 없다는 것을 말이다.

운전자 없이 우리가 원하는 장소까지 데려다주는, 어릴 적 로망인 자율주행 자동차. 그런데 그 자동차가 살인 자동차가 된다면 과연 그걸 우린 타고 다닐 수 있을까? 우리는 운전도 하지 않았는데, 그 자동차가 낸 살인은 누구의 책임이 될까? 볼보는 자신의 회사가 개발한 자율주행 자동차가 내는 모든 사고에 대해 책임지겠다고 공약했다 한다. 그러나 그 책임은 어디까지일까? 인간의 죽음, 존엄성과 맞바꿀 수 있는 책임은 과연 존재하는 걸까?

자율주행 자동차의 '자율'이라는 말과 '책임'이라는 단어가 유독 많은 생각을 하게 한다. 인간이 실수로 냈던 사고들을 자율주행 자동차가 줄여주는 대신, 또 다른 문제들이 발생할 것이다. 우리의 편리성을 위해 만들어낸 도구에 대한, 더 자유롭고 편안한 삶을 위해 만들어낸 모든 것에 대한 책임 역시 오롯이 인간이 져야 한다는 걸 우리는 잊어선 안 된다. 쇼펜하우어도 니체도 사회에 대한 관찰과 깊은 사유 속에서 윤리란 결국 개인과 타인의 관계 속에서 이루어지는 선택임을 보여주었다. 그것이 동정심에서 기인한 타인을 위한 선이든, 나 개인의 욕망을 채우는 선이든, 인간은 타인과 함께 살아가는 이상 이 과제에서 벗어날 수 없다. 이제는 우리가 만들어낸 AI와 이 과제를 함께 풀어나갈 때가 온 듯하다.

봄날의 햇살보다
따뜻한 말 한마디의 위력

가을은 남자의 계절, 봄은 여자의 계절이라고 하지만 나는 봄을 유독 좋아한다. 겨울을 지나며 꽁꽁 얼어붙었던 세상이 서서히 녹으면서 푸르름이 돋아나는 그 모습을 느낄 때면 마음에 한껏 풍성해지는 기분을 느낀다. 봄날의 기억은 많고 많지만 그중에서도 어릴 적 소풍을 갔던 기억을 떠올리면 나도 모르게 웃음이 난다. 삼삼오오 아이들과 풀밭에 앉아 도시락을 나누어 먹고, 함께 보물찾기와 수건돌리기를 하던 일도 어렴풋하게나마 떠오른다. 무엇보다 나무 아래로 쏟아지던 봄의 햇살. 쨍하게 내리쬐며 얼굴을 그을리지만 옷 사이사이로 스며들던 그 햇살은 지금도 따뜻한 온기가 생생하게 느껴질 정도다. 그래서 사람들은 아주 따뜻하고 포근한 느낌을 봄날의 햇살에 비유하곤 하나 보다. 특히 '말'에 대해 우리가

'따뜻하다'라고 할 때의 그 느낌은 봄날보다 더 마음 깊이 포근한 느낌을 준다.

나는 강의를 하기 전에는 말하는 것보다 쓰는 것을 좋아했다 (지금도 서재 구석에는 아주 오래전 썼던 노트들이 빼곡히 쌓여 있다). 지금이야 잘 모르는 사람들은 나에게 말을 잘한다고 곧잘 칭찬도 해주지만, 나는 사람들에게 친절하게 말하는 방법도 잘 몰랐고 유려한 말솜씨로 사람들을 사로잡는 스타일도 아니었다. 그러나 많은 책을 읽고 공부하면서 '말'이라는 것이 얼마나 중요한지 깨달았다. 말은 언제, 어떻게 사용하느냐에 따라 어떤 칼보다 날카로울 수 있고 또 어느 봄날의 햇살보다 따뜻할 수 있다는 사실을 말이다.

작년, 뉴질랜드에 갔을 때의 일이다. 퀸스타운 공항에 내려 시내 구경을 하고 호텔에 도착했는데 방이 없어 세 시간을 로비에서 기다렸다. 7시까지 정장을 하고 파티장에 입장해야 하는데 옷을 갈아입을 장소가 없어 결국 화장실에서 짐을 풀어 옷을 갈아입은 웃지 못할 해프닝이 일어났다. 행사를 주최하는 직원들도 진땀을 빼며 분주하게 움직였지만 역부족이었다. 지금까지 여행하면서 처음 겪는 일이었기에 나도 적잖이 당황했다. 사람들은 핏대를 세우며 저마다 고성을 내질렀는데, 그야말로 아수라장이었다. 어떤 이는 룸카드가 잘못 입력되었는지

방문이 열리지 않아 직원 앞에서 룸카드를 집어던지며 고래고래 소리를 질렀다. 내가 한 것도 아닌데 왠지 무안했고, 같은 한국인으로서 그런 모습에 창피함을 느꼈다. 짜증 나고 화 나는 마음이야 왜 모르겠는가. 하지만 행사를 도와주는 직원에게 룸카드를 던질 필요까지는 없었는데……

인간이 동물과 다른 게 무엇인가? 동물에게는 없는 이성이 있지 않은가? 이성이 마비되면 인간은 괴물이 된다. 우리의 뇌는 감정과 이성이 함께 작동되도록 설계되어 있다. 그래서 이성이 잠들지 않도록 경계를 늦추어서는 안 된다. 나도 처음에는 짜증 나고 당황스러웠지만, 호텔 사정을 들어보니 코로나19 때문에 고향으로 돌아간 직원이 많아 일손이 부족해서 오늘 같은 사태가 벌어졌다고 한다. 여러 가지로 힘든 하루였지만, 그럭저럭 행사를 잘 마무리하고 잠자리에 들었다.

다음 날 아침 로비에서 진땀을 흘리며 어쩔 줄 몰라 했던 직원과 마주쳤다. 얼굴에 피곤기가 잔뜩 서려 있었다.

"어제는 고생 많으셨어요."

내가 웃으면서 말을 건네자 예상치 못한 인사였는지 깜짝 놀라며 "별말씀을요" 하며 환하게 웃었다. 내 말이 특별한 위로가 되진 않았겠지만, 어제 몇 명도 안 되는 인원으로 큰 행사를 치르느라 애썼을 것을 떠올리면 고생했다는 말 한마디 정도는 진심으로 전하고 싶었다.

인사를 하고 밖으로 나오려는데 사람들이 호텔로 뛰어 들어왔다. 갑자기 소나기가 쏟아져 우산을 가지로 들어오는 것이었다.

'어쩌지? 난 우산도 없는데…….'

잠깐 머뭇거리다 그냥 재킷으로 대충 가리고 가야겠다 싶어 윗옷을 벗으려는데 아까 인사를 건넨 직원이 슬그머니 다가왔다.

"혹시…… 우산 없으세요?"

"아, 네. 갑자기 비가 오네요."

"잠시만 기다리세요. 제가 가져다드릴게요!"

그 직원은 잠시 후 둘이 써도 남을 정도의 아주 큰 우산을 가져다주었다. 하마터면 비를 쫄딱 맞고 모임에 갈 뻔했는데 어찌나 고마운지. 내가 그에게 한 것이라곤 "고생했다"라는 작은 말 한마디였지만, 그는 행사를 진행하는 직원으로서가 아니라 자신에게 아주 작은 한마디를 건넨 나에게 인간적 호의를 베푼 것이었으리라.

영국의 철학자이자 옥스퍼드대학교의 교수였던 J. L. 오스틴은 언어에 관한 연구를 통해 훗날 언어학자들에게 많은 영감을 주었다. 고전으로 불리는 그의 저서 《말과 행위》에는 말이 지닌 위력에 대해 분석한다. 그의 철학은, 말은 단순히 문장으로 존재하는 게 아니라 그것이 특별한 행위를 일으키는 힘을 지니고 있다는 데서 출발한다. 실제로 똑같은 말을 만 번 정도

반복하면 그것이 현실로 이루어진다고 주장하는 언어학자들도 있다. 말이 입안에 있을 때는 내가 말을 지배하며 그 말이 힘을 갖지 못한다. 하지만 말이 밖으로 나오는 순간 그것은 나를 지배하며 타인에게도 영향을 미친다. 그 영향은 오스틴의 말처럼 나를 즉각적으로 움직이게도 하는 동시에 나의 생각에도 영향을 미치고, 삶의 여러 영역에서 에너지로 작용하기도 한다.

서양 나라를 여행할 때면 나도 모르게 한국에서보다 훨씬 더 많이 "감사합니다"라는 말을 사용하게 된다. 'Thank you'는 외국 사람들이 모든 일상에서 가장 자주 사용하는 말이지만, 우리나라에선 그 정도로 많이 쓰는 말은 아니지 싶다. 사람에게 유독 행복을 느끼게 하고 긍정적 감정을 느끼게 하는 여러 말이 있는데, 그중에서도 가장 큰 영향력을 지닌 것이 바로 '감사'의 말이라고 한다. 나 역시 "감사하다"라고 말하는 만큼 감사할 좋은 일이 많이 생긴다고 믿는 사람이다. 최대한 말을 아끼는 것이 유교 문화가 자리한 우리나라의 특징이지만, "감사합니다" 하는 말은 아무리 많이 해도 질리지 않으며 나쁘지 않다.

나도 중년 남성이지만 중년 남성에게 가장 필요한 말이 있다고 한다. "오늘 하루도 수고 많았어요", "괜찮아요. 잘하고 있어요", "힘내요. 다 잘될 거예요" 하는 말들은 일에 쫓기고 사람에 치이는 중년 남성들이 가장 듣기 힘든 것이기 때문인 듯하다.

나 역시 고단한 하루를 마치고 집에 돌아왔을 때 누군가가 이런 말을 해준다면 가슴이 뭉클하며 눈물이 왈칵 터질 것 같다. 비단 중년뿐 아니라 모든 사람이 다 그럴 것이다. 서로서로 조금씩만 마음의 방을 내어주며, 조금 쑥스럽더라도 이런 말을 많이 건네고 마음을 표현한다면 세상은 얼마나 따뜻해질까. 이런 좋은 말들이 계속 오가는 세상이라면 1년 내내 봄날의 햇살처럼 마음이 따뜻할지도 모른다.

대한민국은 유독 경쟁이 치열하다. 그 때문일까. 사람들과의 사교나 개인을 돌보는 시간, 가족과 함께하는 시간보다는 일과 관련된 것에 더 많은 시간을 쏟는다고 한다. 그러다 보니 스트레스 지수가 높고 인간관계 또한 무미건조해지기 쉽다. 가까운 사람들과 자주 만나지 못하다 보니 만나면 술을 마시고 사는 얘기나 진탕 나누다 헤어지기 일쑤다. 다음 날 깊은 숙취에 속은 더 쓰리고 다시 반복되는 일상 속에서 삶의 의미를 놓쳐버리기도 한다.

말이 가진 힘은 이러한 우리의 일상을 충분히 바꿔놓는다. 옆자리에 앉은 사람에게 "오늘도 힘내세요"라고 말한다면. 문득 가족 중 누군가에게 전화를 걸어 "힘내!"라고 한다면. 작은 친절을 베푼 사람에게 "정말 고마워요"라고 말해준다면. 말하는 나도 행복감을 느끼지만, 그 말을 받는 사람들의 하루는 그 전과는 분명 다른 하루가 될 것이다. '말 한마디에 천 냥 빚을 갚는다'는 속담은 그 말을 하는 사람이 그만큼 예뻐 보여 도저히 용서가 안 될 것도 용서되고, 큰 빚도 탕감해줄 정도로 마음이 바뀐다는 뜻과 같다. 같은 말도 조금 더 상냥하게 배려심을 담아서 건넨다면, 무심코 지나갈 것에도 소소한 감사를 표현한다면, 더 나은 세상이 됨과 동시에 더 나은 내가 될 것이다. 지금 우리가 누리는 모든 것에 감사하는 하루하루, 매일 예쁜 말로 내가 받은 것들에 대한 충분한 빚을 갚아나가는 삶을 살아보면 어떨까. 그래서 이 순간 이 말을 하고 싶다.

"나의 글을 집중하여 읽어주셔서 참 감사합니다."

다 왔어, 힘내!

　　글을 쓰면서 옛날 일을 하나씩 곱씹다 보니, 오래전 처음으로 등산을 갔던 때가 떠올랐다. 당시 마흔쯤 되는 나이였으니 꽤 오래전 일이다.

　출판사 사장님에게 전화가 왔다.

　"양 대표, 우리 주말에 산에 갈 건데, 같이 안 갈 테야?"

　"오, 좋지요!"

　사실 그럴싸한 장비 하나 없고 등산을 즐기던 시절도 아니었는데 무슨 생각으로 선뜻 알았다고 대답했는지 모르겠다. 그때는 그저 한두 시간 등산하고 내려와 막걸리 한 사발에 인생 살아가는 이야기나 나누는 시간을 가질 심산이었지 싶다. 아무튼 나는 신발장 속에서 언제 사두었는지도 모르는 등산화를 꺼내 신고, 편안한 옷차림으로 물 한 통 챙겨 집을 나섰다.

그런데 이게 웬일. 집결하기로 한 장소에 도착하고 보니 눈앞의 산은 내가 상상한 그 산이 아니었다(북한산의 꽤 험한 코스 중 하나였을 것이다). 마니아들이나 오르는 높고도 험한 산 출발점 앞이 아닌가. 하지만 나는 젊고 건강하니까. 그리고 나의 긍정적 마인드로 못할 게 뭐 있으랴. 두려움도 어느새 잊고 호기롭게 사람들과 출발했다. 처음엔 평지가 길게 이어지는 데다 가끔 언덕이 나와도 힘든 줄 몰랐다. 나는 빠른 걸음으로 사람들을 앞질렀고, 이대로면 금방 정상에 도착할 수 있을 것만 같았다. 내 모습을 보던 한 대표님이 "역시 젊음이 좋구만!" 하며 부러워했고, 또 어떤 대표님은 "그렇게 가다간 나중에 너무 힘들 수도 있어. 천천히 가요. 등산은 자기 페이스가 중요해" 하며 조언해주기도 했다. 그땐 그 말이 들리지도 않았고, 다른 사람에게 질세라 거의 달리다시피 하며 산을 올랐다.

한 시간쯤 갔을까. 금세 도착할 것만 같았던 정상은 보이지도 않고, 다리는 아파왔다. 땀은 비 오듯 하고 숨이 너무 차서 도저히 걸을 수가 없었다. 들고 왔던 물도 어느새 바닥이 났다. 쉬는 횟수가 늘어나고, 평평한 바위가 언제 나오나 그것만 기다려졌다. 그렇게 꼴찌로 점점 처지더니 나중에는 마지막 사람과 200미터도 넘게 차이가 나게 되었다. 그때 마지막으로 가던 사람이 걸음을 늦추고 나를 기다리더니 내게 자신의 물을 내어주었다.

"괜찮아요? 같이 갑시다."

"감사합니다."

나는 물을 벌컥벌컥 마신 후 그 사람과 함께 천천히 산을 오르기 시작했다. 하지만 이미 초반에 너무 진을 뺀 탓인지 도저히 체력이 회복되지 않았다. 시원한 바람도, 맑은 새소리도 느껴지지 않았다. 헉헉거리며 한참을 가다가 내가 물었다.

"다 와가나요?"

"네. 다 와가요. 얼마 안 남았으니 좀 더 힘내요."

나는 그 말이 사실이라고만 철석같이 믿었다. 안 그러면 조금도 힘을 낼 수 없을 것 같았으니까. 그 등산로가 대여섯 시간 코스라는 걸 알았다면 절대 출발조차 하지 않았을 것이다. 정상을 향해 가는 내내 "언제 가요? 다 왔어요?", "얼마나 남았어요, 다 왔어요?" 하는 말을 실없이 계속 반복했다. 나를 끌어준 사람뿐 아니라 다른 대표님들도 "다 왔어. 좀만 참아요"라고 대답하는 바람에 포기할 수도 없었다. 만약 누구 한 사람이라도 "아직 멀었는데 어쩌지?"라고 했다면 나는 당장 포기하고 발걸음을 돌렸을지 모른다(때려 죽여도 더는 안 갔을 것이다).

그렇게 "다 왔어, 다 왔어" 하며 오르자 어느새 정상이 보였다. 정말이지 눈물이 날 것만 같은데 창피해서 울지도 못하고 벅차오르는 마음을 추스르고 또 추슬렀다.

"좀 힘들긴 하지만, 그래도 참 좋죠?"

"네!"

정상에서 내려다보이는 서울 풍경은 정말 아름다웠다. 올라오는 길이 얼마나 힘들었는지 금세 잊고 어느새 그 풍경 속에 빠져들었다. 이미 동이 나버린 내 물과 간식을 자신의 것들로 채워주고 나눠주며 그렇게 정상의 시간을 즐겼다. 호기롭게 뛰어올랐던 등산 초반을 생각하니 쥐구멍이라도 찾아 들어가고 싶었다. 지금은 웃을 수 있지만 그땐 제대로 웃지도 못했다.

누군가는 '헛된 희망'을 주는 것을 '희망 고문'이라고 하며 경계한다. 자칫 그것이 인간의 시간과 에너지를 소비할 수 있다고 여기기 때문이다. 하지만 나를 비롯해 인생을 절반 이상 살아본 사람들은 알 것이다. 아직 다가오지 않은 미래이지만 우리가 꾸는 꿈이, 우리가 가는 길이 곧 다다를 수 있다고 여겨질 때 우리는 견딜 수 있고 앞으로 나아갈 수 있다. 인간에게는 무궁무진한 가능성이 있다. 작아 보이는 사람도, 아무것도 없어 보이는 사람도, 큰 꿈을 이루고 원하는 것을 성취하며 위대한 일을 이루어낼 가능성이 그 안에 있다. 그러나 삶은 우리에게 가혹한 시련을 자주 안겨준다. 《비참할 땐 스피노자》라는 책에는 이런 말이 나온다.

'겉으로 드러나지 않을 뿐 한 조각 기쁨을 그 안에 숨기지 않은 슬픔이란 존재하지 않는다.'

정말 멋진 말 아닌가. 즉, 우리에게 닥치는 시련은 곧 우리에게 닥칠 기쁨을 예고하는 것과 같다. 그러니 힘들고 슬플 때 포기하는 건 어리석다. 오히려 그때 더 힘을 내어, 슬픔 속에 내재된 기쁨을 기대해도 된다. 그러나 인간은 때때로 나약해져서 그 기쁨을 기다릴 새도 없이 지칠 때가 있다. 그럴 땐 함께하는 사람이 필요하다. 스피노자가 그랬던 것처럼 '인간의 또 다른 신은 인간'이라고 할 정도로 인간에게 인간은 유용한 존재다. 나의 유익을 위해 그러하단 뜻이 아니라 서로가 서로의 버팀목이 되어준다는 뜻으로 나는 해석하고 싶다. "다 왔어!" 하는 말 한마디가 나를 정상으로 데려다 놓았듯, 함께 살아가는 세상에서 옆에 있는 사람에게 건네는 위로와 격려의 말은 포기하고 싶은 마음에 큰 용기를 주는 법이다.

내가 좋아하는 시 중 박노해의 '너의 때가 온다'라는 작품이 있다.

너의 때가 온다

너는 작은 솔씨 하나지만
네 안에는 아름드리
금강송이 들어있다

너는 작은 도토리알이지만
네 안에는 우람한
참나무가 들어있다

너는 작은 보리 한 줌이지만
네 안에는 푸른 보리밭이
숨 쉬고 있다
너는 지금 작지만
너는 이미 크다

아픔이 없는 기쁨은 없다는 걸 기억하길. 지금 우리는 너무나 작지만, 지금 우리의 길은 너무나 험난하지만, 앞으로 우리가 맞닥뜨리고 이루어갈 일들은 얼마나 위대할까.
"그대여, 다 왔노라!"
그러니 포기하지 말기를, 지치지 말기를, 한 걸음만 더 앞으로 나아가기를. 오늘 이 순간, 당신을 위해 기도한다. 따뜻한 위로의 말을 건넨다.

솔직하게 말해봐

우리는 사람의 성향을 띠, 별자리, 혈액형 등
으로 규정하기 좋아한다. 요즘에는 'MBTI'라는 성격유형검사
가 유행이다. MBTI는 'The Myers-Briggs Type Indicator'의
약자를 딴 것으로, 16가지 유형으로 성격을 나누어 분석하는
검사다. 이 이론은 비슷한 유형 혹은 상반되는 유형, 나와 잘
맞는 유형 등 상대방과 나의 성격을 분석해 사회관계에서 좀
더 서로를 이해하고 잘 지내는 데 도움을 준다. 또한 기질을 알
면 내가 어떤 일을 할 때 시너지가 나는지 알 수 있기에 직업을
선택하는 데도 도움 된다. 이 중에서 가장 신뢰성이 떨어지는
것이 사실 혈액형인데, 한때 책으로 나오기도 했을 정도로 혈
액형별 성격 분석은 유행했지만 실제로 서양에서는 별자리를
훨씬 더 신뢰하며, 혈액형으로 사람을 평가하거나 하면 이상한

사람으로 보기도 한다.

　하지만 나는 옛날부터 혈액형으로 농담을 주고받길 좋아했다. O형인 나는 아무 피나 받을 수는 없지만 누구에게나 수혈을 해줄 수 있는 피이기 때문에 언제나 받는 것보다 주는 것을 좋아하고, 섬세하지만 화끈한 데가 있고, 종종 욱하지만 마음이 약해 누군가가 "미안하다"라고 한마디만 하면 어떤 잘못도 싹 풀어진다고 말하곤 한다. 무엇보다 답답한 일을 잘 참지 못하고 그때그때 풀어야 하는 성향이 있는데, 난 그걸 "우리 O형들은 원래 그래"라고 말하면서 비슷한 성향인 사람을 보면 "O형이죠?"라고 묻기도 한다. 서로 웃자며 혈액형으로 묶는 것도 있지만 사실 나는 답답한 상황을 그리 오래 가져가지 못하는 성향을 타고났다. 그러다 보니 무슨 일이 생기면 내가 좀 손해를 보더라도 그 상황이 빨리 해결되도록 노력하고, 상대방이 답답한 일이 있다면 그걸 최대한 빨리 풀어주기 위해 노력한다. 나와 성향이 반대인 사람은 어떤 일에 대해 풀어지거나 해결을 보는 데 시간이 한참 걸린다. 그리고 그냥 말없이 오랫동안 그 사안을 그대로 가져가거나, 끝끝내 말없이 안 좋은 마음을 삭여버리기도 한다. 그러다 말없이 관계가 소원해지는 경우도 많은 것 같다.

　언제나 그랬듯 이런 나의 방식이 꼭 옳은 것은 아니다. 누군가에게는 매우 폭력적인 방법이 될 수도 있다. 가능한 한 돌려

말하지 않으려 하고, 마음에 품은 이야기들은 오래 가져가지
않기 위해 바로바로 풀려고 노력하는 게 내 입장에선 좋을 수
있지만, 아직 준비가 안 된 상대방에게는 힘겨운 일일 수도 있
기 때문이다. 소통하는 데 정답이라는 건 없겠지만, 한 가지 규
칙은 존재한다. '좋은 소통'이란 내가 일방적으로 내 마음과 생
각을 표현하는 것이 아니라 상대방을 배려하는 마음의 바탕에
서 이루어지는 소통이라고 한다. 듣는 사람을 고려하지 않는
말하기, 상대방의 마음이나 생각과 상관없이 일방적으로 내 의
견을 말하거나, 제대로 표현하지도 않고 내가 원하는 피드백을
얻으려고 노력해선 안 된다는 뜻이다.

지인 중 알게 된 지 얼마 안 됐지만, 처음부터 말이 잘 통해
서 단번에 가까워진 사람이 있었다. 비즈니스적으로 만난 사이
였고 일적으로는 내가 조금은 더 도움을 줄 위치에 있었으므
로 최선을 다해 그를 도와주려고 애썼다. 거의 매일 전화도 하
고 문자도 주고받았는데, 최근 들어 좀 뜸하다 싶긴 했으나 그
저 '바빠서 그렇구나'라고 여기던 참이었다. 그러던 어느 날 그
가 전화를 걸어왔다. "안녕하세요?"라고 반갑게 인사했더니 대
뜸 "내가 요즘 대표님한테 왜 삐딱한 줄 아세요?"라고 묻는 게
아닌가. 그러고 보니 삐딱하다기보다 좀 쌀쌀맞았다 싶은 생각
에 기다렸다는 듯이 "그래요, 저도 그렇게 생각했어요"라고 말

하고 싶었지만 일단 한 번 참았다. 괜히 그런 말을 했다가 상대방의 마음을 더 다치게 할 수도 있다는 생각에서였다. 나는 일단 그의 말을 들어주어야 할 것 같아서 "아, 그러셨어요? 잘 몰랐네요. 왜 그러셨어요?"라고 물었다. 그랬더니 며칠 전 있었던 일 때문에 무척 기분이 상해서 계속 삐딱하게 나를 대했다는 것이다. 어떤 일인지 자초지종을 들어보니, 전혀 생각하지 못한 일인 데다 큰 오해를 하고 있는 상황이었다. 나는 차근차근 그 일에 대해 설명했다. 그랬더니 너무 놀라면서 "어머! 제가 오해했네요. 정말 죄송합니다"라고 사과했다. 전 같았으면 곧바로 "아, 그러셨군요. 괜찮습니다, 그럴 수도 있지요"라고 했을 텐데 나도 사람인지라 어쩐지 그날만큼은 바로 마음이 풀리지 않았다.

그렇게 며칠을 답답한 마음으로 있는데, 다시 전화가 걸려왔다.

"대표님, 제가 정말 경솔했어요. 마음 푸세요."

사실, 많이 마음을 써주었던 터라 더 상처가 깊었지만, 나도 누군가에겐 그런 실수를 할 때가 있는데 너무 오랫동안 시간 끄는 것은 아닌 듯하여 웃음으로 마무리했다. 니체는 말했다.

"상대가 부분적으로 오해를 할 때는 해명하라. 만약 전체적으로 오해를 한다면 해명할 필요가 없다. 그것은 시간 낭비다."

사람 사이에 말이라는 건 언제나 크고 작은 오해를 불러일으키기 마련이다. 언어에는 뉘앙스라는 것이 담기고, 무언의 제스처들이나 억양 등으로 말미암아 본의 아닌 오해를 담기도 한다. 또 앞의 일처럼 똑같은 상황 속에 똑같은 일을 겪어도 누군가는 자신에게 불리하거나 부정적인 방향으로 해석해서 오해해버리기도 한다. 관계를 좋아지게 하고 싶다면 해명을 통해 오해를 풀고 그 관계를 회복하는 게 중요하다. 하지만 선입견이나 주관이 너무 뚜렷해 전체적인 관점이 달라 절대 오해가 풀어질 수 없을 정도로 골이 깊다면 그것은 해명으로는 되지 않는다. 사람은 살아온 날들이 다르기에 서로 다른 관점을 그저 인정해줄 뿐이지, 그것을 바꾸거나 내 생각으로 끌고 오기란 쉽지 않기 때문이다.

나는 항상 열린 마음으로 사람을 대하려 하고, 어떤 관계 속에서든 오해는 생길 수 있다고 생각하는 사람이다. 하지만 분명 오해를 최소화하고 빨리 관계를 회복하거나 좋은 관계를 지속할 수 있는 '좋은 소통'은 존재한다고 생각한다. 앞의 경우도, 그 사람이 내게 좀 더 빨리 자신의 속마음을 털어놓았다면 나도 상처를 덜 받았을 것이고 그 사람도 일부러 내게 쌀쌀맞게 대하거나 오해를 푼 후에 계속 사과하는 일은 없었을 것 아닌가.

미국의 심리학자 마셜 로젠버그는 '비폭력 대화'가 서로를 더 깊이 이해하고 좋은 유대관계를 형성하는 데 도움 된다고 말한다. 여기서 비폭력 대화는 간디가 사용했던 '비폭력'의 의미와 같다. 즉, 말로써 상처를 주고받지 않도록 최대한 솔직하고 구체적으로 표현하는 대화를 의미한다. 비폭력 대화는 관찰·느낌·욕구·부탁의 네 단계로 이루어지는데, 여기서 관찰이란 상대방이 어떤 말이나 행동을 할 때 '저 사람 왜 저러지?' 하고 평가부터 할 게 아니라 있는 그대로를 봐주는 것을 뜻한다. 또 '느낌'은 내가 상대방의 말과 행동을 보고 느낀 걸 솔직하게 말하는 것을 의미한다.

앞의 경우, 그 일을 겪은 직후 "대표님, 그렇게 말씀하시니 기분이 좀 나쁩니다"라고 말하는 것이다. 그러면 나는 "어떤 부분이 그랬나요?"라고 물을 수 있고, 그러면 최대한 솔직하게 그 부분을 이야기할 수 있다. 그러자면 어떤 문제든 쉽게 실마리를 잡을 수 있다. 솔직하게 나의 느낌을 말하는 것을 두려워하는 경우가 많은데, 내 기분과 감정이 어떤지 말함으로써 우리는 서로의 감정을 공유할 수 있고, 괜히 상대방의 의도를 넘겨짚거나 지레짐작함으로써 생기는 오해를 막을 수 있다. 그리고 '욕구'는 자신이 바라는 바를 스스로 정확히 짚어내어 상대방에게 말하는 것이고, '부탁'은 이 욕구를 완강하지 않게 정중히 표현하고 부탁하는 것이다. "이런 경우 그렇게 말씀하시면 기분이 나빠요. 저는 이 일을 이런 방식으로 하면 더 좋겠어요.

저는 이렇게 하는 걸 훨씬 좋아하거든요"라고 말이다. 이때는 최대한 구체적으로 표현하는 게 좋다. 모호하면 또 다른 오해가 생긴다.

비폭력 대화란 말로 상대를 아프게 하지 않는 데 초점을 둔다. 비난하지 않고 자신의 마음을 솔직하게 표현하는 것이 핵심이다. 이런 대화가 처음부터 잘되기가 쉽지 않은 이유는 무엇일까? 여러 이유가 있겠지만, '솔직하게 말하는' 것이 어쩐지 상대방을 더 불쾌하게 만들지도 모른다는 선입견도 한몫하지 싶다. 특히 우리나라 문화에선 더욱 그렇다. 어쩐지 속내를 감추고 자꾸 에둘러 말하다 보니 오해가 쌓이기 마련이다. 아는 대표님이 늘 강조하는 게 '솔직이 답이다'인데, 솔직함은 언제나 많은 문제를 쉽게 풀리도록 한다.

매사에 솔직한 태도와 표현은 오해를 덜 쌓을 뿐 아니라 건강한 표현으로 건강한 관계를 만든다. 더불어 나의 솔직한 감정과 기분이 무엇인지 들여다보는 습관을 길러주기도 한다. 내 마음속에서 외치는 말들을 애써 외면하거나 억누르고 상대를 대하는 것은 좋은 습관이 아니다. 언젠가는 그것이 응어리가 되거나 상처로 쌓여 폭발할 수 있기 때문이다. 소통은 쌍방이 주고받는 것이다. 상대의 솔직한 기분을 알고 싶고, 상대방의 솔직한 생각을 듣고 싶다면 나 역시 그래야 한다. 그리고 그 표현은 묵히지 말고 서로의 관계가 좋을 때일수록 더 유효함을 발휘한다. 무엇보다 열린 자세로 언제든 누구든 그 사람의 있는 그대로를 받아들일 준비만 되어 있다면 금상첨화다. 건강한 소통은 인간의 삶을 아름답게 한다.

나무처럼 내 인생도

오랜만에 찾은 제주도. 새벽에 길을 나서 수목원을 걸으니 가슴이 뻥 뚫린다. 도시에서 잔뜩 묻어온 미세먼지와 나쁜 공기, 나쁜 기운들마저 나무가 주는 상쾌한 산소들로 다 씻겨 내려가는 듯하다. 깊이 숨을 들이마시고 내뱉는다. 어느 순간 가만히 서서 눈을 감고 나무들이 내게 보내는 신호를 느껴보기도 한다. 나보다 훨씬 긴 인생을 이 땅에서 보낸 나무 선배들이 내게 말을 건다.

'오늘도 안녕한가?'

나는 마음속으로 고개를 끄덕인다. 그리고 대답해본다.

'내게 이런 시간을 선물해주어서 고맙습니다.'

입 밖으로 소리를 내지 않았는데도 이미 나의 대답을 들었다는 듯, 살며시 불어오는 바람에 잎사귀를 흔들며 반가운 대꾸를 한다. 나는 그 어느 때보다 천천히, 마치 이 길을 아끼기라도 하듯 숲길을 걷는다.

숲을 걸으면서 이름은 모두 알 수 없지만, 한 그루 한 그루 모양도 다르고 색깔도 다른 나무들을 구경한다. 언제 뿌리를 내려 이렇게 커졌을까 싶은 키가 큰 나무, 긴 세월 바람과 비에 반들반들하게 닳아진 기둥을 가진 나무, 잎사귀가 마치 한국게 아닌 것처럼 큰 나무, 시베리아에서나 볼 법한 뾰족한 나무 등 참 각양각색이다. 이렇게 나무들을 보고 있노라면 시간 가는 줄을 모른다. 도시에서만 있다 보니 살랑이며 불어오는 풀 내음조차 여기가 천국이라 느끼게 한다. 이런 시간을 자주 가질 수 없다는 게 아쉬울 따름이다.

'나무' 하면 떠오르는 책이 한 권 있다. 바로 《나무는 인생이다》이다. 세계에서 가장 예쁜 정원을 가진 사람이라고 불리는, 아무것도 없던 제주도 땅에 지금의 정원을 일군 성범영이라는 저자가 지은 책이다. 나무에 대한 그의 이야기를 읽고 있노라면, 철학은 먼 데서 찾을 필요가 없다는 생각이 절로 든다. 나무의 삶, 나무의 이야기는 곧 인간의 삶이고, 관계 자체이기도 하다. 그리고 그들이 생존하는 모습을 통해 인간이 살아가는 방법을 배우기도 한다. 그러니 나무를 알고, 나무를 생각하고, 나무를 배우는 것이 어찌 철학이 아닐 수 있으랴.

문득 책 속에 실린 신경림의 시 한 편이 떠오른다.

나무

나무를 길러본 사람만이 안다
반듯하게 잘 자란 나무는
제대로 열매를 맺지 못한다는 것을
너무 잘나고 큰 나무는
제 치레하느라 오히려
좋은 열매를 갖지 못한다는 것을
한 군데쯤 부러졌거나 가지를 친 나무에
또는 못나고 볼품없이 자란 나무에
보다 실하고 단단한 열매가 맺힌다는 것을

나무를 길러본 사람만이 안다
우쭐대며 웃자란 나무는
이웃 나무가 자라는 것을 가로막는다는 것을
햇빛과 바람을 독차지해서
동무 나무가 꽃 피고 열매 맺는 것을
훼방한다는 것을
그래서 뽑거나

베어버릴 수밖에 없다는 것을

우리의 인생이 고스란히 담긴 시다. 이 시를 몇 번이고 곱씹으며 혹여 나의 교만함이 누군가의 삶에 훼방이 되거나 불편함을 주지는 않았는지 되짚어보기도 했다. 《나무는 인생이다》에 보면 삶에 통찰을 주는 여러 이야기가 나오는데, 그중에서도 나무들이 서로 관계하고 소통하는 방식에 대한 내용이 참 인상적이었다.

인간은 서로 목적이 같은 사람끼리 무리를 지어 산다. 마을, 직장처럼 말이다. 존 파울즈는 자신의 책 《나무》에서 이렇게 말했다.

'나무는 우리보다 훨씬 더 사회적인 존재다.'

그는, 나무는 고립되어 있지 않고 한데 어우러져 사는 것이 자연스럽다고 이야기한다. 내가 걸었던 수목원의 나무들처럼 우리는 대부분 나무가 일정한 간격을 두고 서로 얽혀 공존한다는 걸 알 수 있다. 그리고 이렇게 네트워크를 형성한 나무들은 호르몬, 알코올이나 산화질소와 같은 휘발성 물질을 발산해 의사소통한다고 한다. 나무에 벌레가 침투하면 옆에 있는 나무도 똑같은 물질을 만들어 서로 보호막을 형성한다. 한 그루의 나무 안에서도 뿌리부터 줄기, 가지, 잎사귀 등이 서로 연결되어 소통한다고 한다. 각자의 역할을 하면서도 서로 유기적으로 연결되어 생명을 이어가는 것이다. 또 나무들은 서로 가지를 부딪치지 않으려는 듯 피해 가며 뻗고, 더 많은 햇빛을 받기 위해 경쟁적으로 가지를 키우기도 한다. 이렇게 나무들도 마치 인간처럼 서로 소통하며 자기들만의 질서를 지키고, 경쟁도 해 가며 살아간다는 것이다.

더욱 놀라운 사실은, 종종 너무 간격이 빡빡하게 심긴 나무들이 서로 과한 경쟁을 하며 위로 뻗어 올라가는 듯 보일 때가 있는데, 표면적 모습과 달리 의외의 현상이 일어나는 경우가 있다는 것이다. 한 연구를 통해 자작나무와 서양 전나무가 땅속에서 아주 가는 실처럼 생긴 균류의 뿌리를 통해 자원을 서로 나눠준다는 사실이 밝혀진 적이 있다. 광합성을 많이 하지 못한 나무에게 해를 많이 본 나무가 탄소를 나눠주어서 상대 나무의 생존을 돕는다는 것이다. 서로 경쟁하는 듯 보이다가도 자연이라는 생태계 내에서 서로 돕고 조화를 이루며 생존하고 있다니, 참으로 놀랍다.

이 세상을 혼자서는 살아갈 수 없고, 평생 경쟁만 하며 살아갈 수 없는 인간의 삶과 어쩌면 이렇게도 닮아 있을까. 우리는 '내 것'만을 고집하며 살아갈 때 다른 이에겐 상처를 주고 불편감을 안겨준다. 하지만 선의의 경쟁을 하다가도 결국 더불어 살아갈 수밖에 없는 인간의 생태계 속에서, 우리는 언제든 함께 살아갈 방법을 찾아야 한다. 그 가장 좋은 방법은 바로 '내어주는 것'이다. 오직 내 것만을 챙기고, 상대를 배려해주거나 함께 행복할 방법을 찾지 않는 건 결국 훗날 모든 나무에 피해를 주는, 그래서 제거해야 할 나쁜 나무가 되는 것과 같다. 나만을 생각하는 마음과 행동은 나 자신을 고립시키고, 점점 외로운 삶으로 내몬다.

뿌리를 통해 조금 더 많은 해를 받은 나무가 덜 받은 나무에 자원을 나눠주고 있다는 연구 결과를 보면서 가슴이 뭉클했다. 동시에 언젠가 잘못된 보고 때문에 송별회조차 하지 못하고 급히 퇴사해야 했던 한 직원이 떠올랐다. 아마도 회사 내부에 깊이 뿌리내린 잘못된 문화 속에서 발생한 문제로 희생양이 된 경우 같았다. 지금이야 그런 문화가 없지만, 많이 서툴던 대표 시절에 그런 일도 종종 있었을 것이다. 함께 더불어 공존해야 하는 직장에서 일방적인 말만 듣고 경솔하게 처사해버린 나의 잘못이 누군가에게 깊은 상처를 주었으리라 생각하니 며칠 내내 잠이 오지 않을 만큼 신경 쓰였다. 한 회사의 수장으로서, 리더로서, 아니 한 공간 속에서 함께 살아가는 일원으로서 나는 충분히 배려해주지 못했다. 내 마음을 한 칸만 더 내어주고, 차근차근 이야기를 들으며 대응했더라면 최소한의 상처와 최선의 배려를 통해 일을 처리할 수 있었을 것이다. 이 글로나마 진심으로 미안한 마음을 전하고 싶다.

인간관계는 참 힘들다. 나뿐 아니라 누구든 많은 시행착오를 겪으며 살아갈 것이다. 다만 조금은 더 나은 방향으로, 조금은 더 배려하는 방향으로 나아가는 것이 매일 좀 더 성숙한 어른이 되어가는 우리의 숙제일 것이다. 서로가 다치지 않도록 뻗어 올리는 가지, 서로에게 자원을 나누어주는 뿌리, 그렇게 함께 인간에게 마음껏 내어주는 나무처럼 나의 인생도 그런 모습이 되면 얼마나 좋을까. 가진 건 별로 없지만 많은 이와 함께 나누고픈, 조금은 미안한 마음 때문에 가슴이 척척해지는 날이다.

　탈고하고 나면 항상 드는 생각이 있다. 바로 '책 백 권을 읽는 것보다 책 한 권을 쓰는 일이 훨씬 어렵다'라는 것이다. 마침표를 찍고 나면 후련해야 하는데, 어쩐지 아쉽고 후회스러운 마음이 든다. 모든 문장에 최선을 다했지만 그래도 여전히 많이 부족하다. 독자들이 이 부족한 글을 너그러이 읽고, 내용 중 단 한 줄이라도 지적인 삶을 살아가는 데 도움 될 수 있다면 그걸로 충분하다.

　앞서 언급한 것처럼 언젠가 도시에서의 시간이 다하면 자연을 벗 삼아 고즈넉한 삶을 살아보고 싶다. 그러나 그 삶 속에서도 결코 빼놓을 수 없는 것. 그건 바로 '책'이다. 나이가 들고 죽음을 향해 가는 것이 두려운 이유는 혹여 배움에 게을러지지 않을까 하는 우려 때문이다. 우리가 지성인으로 살아야 하는 이유는 그것이 곧 우리를 '인간답게' 만들기 때문 아닐까. 그러니 죽을 때까지 우리 손에서 책을 놓지 말아야 할 것이다. 나 역시 반드시 그러겠다고, 이 글을 통해 다시 한번 다짐해본다.

이 책을 쓰는 동안 많은 도움이 있었다. 글을 쓸 때마다 종종 예민해지는 나를 잘 이해해준 회사 식구들과 가족들, 항상 응원과 지지를 해주는 모든 분에게 감사를 전하고 싶다. 이 책을 통해 좀 더 많은 사람이 지적인 삶을 추구하는 데 용기를 얻길 바란다. 그렇게 독서를 시작하고, 나아가 글쓰기를 시작하는 작은 기적들이 일어나길 바란다. 지금 이 순간에도 그러한 선택을 하는 모든 이를 응원한다.

나는 죽을 때까지
지적이고 싶다

1판 1쇄 발행 2023년 6월 15일
1판 12쇄 발행 2023년 11월 7일

지은이 | 양원근
펴낸이 | 최윤하
펴낸곳 | 정민미디어
주 소 | (151-834) 서울시 관악구 행운동 1666-45, F
전 화 | 02-888-0991
팩 스 | 02-871-0995
이메일 | pceo@daum.net
홈페이지 | www.hyuneum.com
편 집 | 미토스
표지디자인 | 강희연
본문디자인 | 디자인 [연;우]

ⓒ 양원근

ISBN 979-11-91669-46-6 (03810)